愛は魂の奇蹟的行為である

なかにし礼

毎日新聞出版

愛は魂の奇蹟的行為である　目次

I 新しい時代の人々へ 10

II 芸能の神秘的な力 27

III　抵抗のための光芒　77

VI 愛は魂の奇蹟的行為である 156

VII わが魂の音楽 173

Ⅰ・Ⅵ・Ⅷ章扉画　藤城清治
ブックデザイン　鈴木成一デザイン室

愛は魂の奇蹟的行為である

I　新しい時代の人々へ

Ⅰ 戦争という邪悪

轟音《ごうおん》とともに大地が震えた
見上げれば雲一つない北の空に
ソ連軍爆撃機の大編隊が現れた
ガラス細工のような翼をきらめかせ
爆撃機たちは一斉に胴体を開き
鹿の糞《ふん》のような黒いものを吐きだした
鹿の糞と見えたものは無数の爆弾で

くるくると旋回しながら落下してきて
私の頭上を越えて飛んで行き
道を隔てた陸軍の兵器庫に命中し炸裂《さくれつ》した
もの凄《すご》い爆発音とともに焔柱《ほばしら》が巻き上がり
私は爆風に飛ばされ地面にたたきつけられた

昭和二十年八月十一日午前十時　六歳
その時、私の人生という現実が始まった
現実とはまず逃げること

家を棄《す》て街を棄て命以外の全てを棄てて
避難列車を奪い合う群衆を尻目に
軍人退却用の列車に潜り込んだ
夜明けとともに軍用列車をソ連軍機が襲う
機銃掃射で人が死ぬ　血を流して人が死ぬ
屍《し》臭《しゅう》を放つ死体を列車の窓から投げる
線路際に延々と連なる死体……死体……
赤い尾を引く照明弾が闇の中に
累々たる屍《しかばね》を浮かびあがらせる

私が生きているのはただの偶然だ
いや　そうだろうか　偶然だけだろうか
われらも乗せろと列車にすがりつく人々の
その手を払いその指を一本一本引き剥《は》がし
歯を食いしばって死の大地に突き放した
あれは偶然ではない　邪悪な心がさせたのだ
私は人を見殺しにし人殺しに手をかしたのだ
私は自分の中の邪悪を見て戦慄《せんりつ》した
その身の震えは父の死の悲しみを上回った

昭和二十一年十月十五日の夕まぐれ
中国人から奪って建国した幻の満洲帝国から
日本という祖国へ倭僑《わきょう》として私は流れついた

II　失われし人たちへの鎮魂歌

私が日本に帰ってきたのは
天皇が人間宣言をされたあとだった

焼け跡に生きる日本人はやけに明るかった
「リンゴの唄」は復興の応援歌でもあったが
戦争が終ったことを喜ぶ解放の歌でもあった
昭和二十一（一九四六）年十一月三日
人間天皇は「日本国憲法」を
深いよろこびとともに公布せしめた
この新しい憲法には
基本的人権・国民主権・戦争放棄という
かつて見たこともない文字が輝いていた

天皇は日本国・日本国民統合の象徴となった
平和憲法とともに誕生した象徴天皇は
平和の象徴にほかならない
そのあるべき姿とは国民と共に平和を守ること
それ以外に何があろうというのか
日本は国土の大半を焦土とされ
三百万を超える同胞を失って
昭和二十年八月十五日　敗戦国となった
戦争はアジアの国々や民たちに

謝りきれない被害をもたらした
それらの国々に居留していた五百万日本人は
日本からは疎外され現地からは追い出され
棄民となって命一つで祖国へ逃げ帰ってきた
南の島々で武器もなく全滅した守備兵たちよ
帰るに道なく突撃死した特攻隊員たちよ
大空襲で死んだ東京大阪名古屋神戸の人々よ
民衆までもが戦って死んだ沖縄の人々よ
原子爆弾で苦悶《くもん》死した広島長崎の人々よ

私たちは想像力のありったけを駆使して
失われし人たちの死と痛みと悲しみを
燃える国土と山なす屍《しかばね》の殺伐たる風景を
瞼《まぶた》の裏に焼き付けなければならない
そして語り継いでいかなくてはならない
二度三度安保反対のデモで国は揺れ動いたが
戦後の四十三年間昭和に戦争はなかった
象徴天皇と国民の総意が成し遂げたものだ
平成の天皇皇后両陛下は

象徴天皇のあるべき姿を一層重く受け止め
かつて戦火にさらされた沖縄や南の島々への
慰霊と祈りの旅をつづけられ
パラオの海に向かって深々と頭を下げられた
大きな自然災害にたびたび見舞われはしたが
平成はついに戦争のない幸せな時代として
その三十一年に幕を下ろした
奇跡的にも七十四年間日本に戦争はなかった
戦争なき時代を奇跡とせず

当然の事実として継続させることを
ここに改めて固く誓うことでせめてもの
失われし人たちへの鎮魂の歌としよう

III　新しい時代の人々への賛歌

新しい時代の人たちよ　約束しよう
令和の天皇が象徴としてのあるべき姿に

心の揺らぎを見せるようなことがあったら
ご即位を言祝《ことほ》ぎつつも躊躇《ためら》うことなく
異議を唱える勇気を胸に秘めておくことを
新しい時代の人たちよ　約束しよう
私たちは伝統などに誇りを持たないことを
私たちは将来にこそ誇りを持とうではないか
私たちの行為によって誇りを作りあげよう
国際社会で名誉ある地位を占めたいのなら
限りなく優しくあるべきなのだ

ほかにどんな国のありようがあるというのだ
過酷な状況を戦争で免《まぬが》れようとはしない
私たちは戦争をしないことに決めたのだ
普通の国になりたいなどとは思わない
世界で特別な国でありつづけたいのだ日本は
この先百年二百年と平和を守りつづけて
振り返って見るがいい　きっと数多《あまた》の国々が
長い列をなして従《つ》いてきているに違いない
理想とは厳しい試練を経てなし得るものだが

結局は人類最後のよりどころとなる
今、令和の時代となってにわかに風が立った
いざ生きめやも　今こそ本当に生きるのだ
いざ生きめやも　平和と自由と平等を旨とし
いざ生きめやも　愛と歓喜と幸福を抱きしめ
いざ生きめやも　寛容と多様性を重んじて
いざ生きめやも　学び考えさらに目覚めて
いざ生きめやも　自立した意志と行動力で
いざ生きめやも　世界の友と手を携え

いざ生きめやも　光あるうちに光の中を
闇の中にいる人たちへの想像力を高めて
いざ生きめやも　光より明るい希望をめざし
いざ生きめやも　いざ生きめやも　いざ！

Ⅱ　芸能の神秘的な力

オペラ『静と義経』
カーテンコールにて

黒柳徹子主演『ライオンのあとで』の情熱

黒柳徹子主演の海外コメディ・シリーズは第一回『レティスとラベッジ』（一九八九年）に始まり、『マスター・クラス』『マレーネ』『カラミティ・ジェーン』などの傑作を世に送り出して約三十年つづき、今回で三十二公演目を迎えたが、一応これをもってファイナル公演とするそうだ。取り上げられたのは二十演目だが、それらのすべてが選り抜きの傑作ぞろいで、気が利いていて、洒落ていて、会話が絶妙であり、出演者のアンサンブルも抜群で、実にいごこちの良い雰囲気を劇場に作り出していた。それにはむろん今は亡き飯沢匡《ただす》氏や高橋昌也氏の功績を大いに称えなければならないが、なんといっても黒柳徹子さんの放つ並々ならぬオーラと演技力を超える演技と世界にたいする愛というか、なにかそういう大いなる哲学と人間力と求心力あってこそ三十年の長きにわたって好評を維持しえたのであろう。

今回の演目は一九九七年の初演で大好評を博した『ライオンのあとで』である。脚本を書いたロナルド・ハーウッド（一九三四－）は舞台も映画もともに絶賛を博し数々の映画賞をもらった『ドレッサー』（一九八〇）で名をなす。その後は映画『戦場のピアニスト』『潜水服は蝶の夢を見る』などの脚本を書いて大家の仲間入りをした。黒柳徹子主演のシリーズでも好評再演された『想い出のカルテット』も彼の作品だ。

サラ・ベルナール（一八四四－一九二三）というフランス・ベルエポックの象徴と呼ばれる大舞台女優の晩年の物語である。サラ・ベルナールは「劇場の女帝」「聖なるサラ」と呼ばれて国民的人気を博していたばかりか、ヴィクトル・ユゴーには「黄金の声」と賞賛され、ジャン・コクトーには「聖なる怪物」と崇められるほどの十九世紀フランス最大の悲劇女優であった。アメリカでも活躍し「世界初の国際スター」とも言われる。またあのミュシャの描いた装飾図案的縦長のポスターでもサラの美しさは強調され、まさに新芸術運動「アール・ヌーヴォー」の中心的存在でもあった。何しろ「サロメ」「椿姫」「トスカ」「フェードル」……男役で「ハムレット」など何をやっても大当たりを取った。サラは「トスカ」のフィナーレでテラスから飛び下りて膝をつくという芝居を繰り返していたが、それが災いして、サラの膝が骨結核にかかり始めていたことが一八八七年に判明する。一九一五年、七十歳の時にボルドーのサン＝オーギュスタン病院にて右足切断のやむなきにいたった。なにしろギプスをはめていたサラの足は壊疽《えそ》を起こしていたのだから。

この『ライオンのあとで』という芝居はサラの足を膝の上から切るか切らないかというところから始まる。

登場人物はサラ・ベルナール（黒柳徹子）、デヌーセ少佐（桐山照史）、長年の秘書ピトー（大森博史）、付き人グルネー夫人（阿知波悟美）、大工および看護兵二人（田村寿啓と桜庭啓丞）。みんないい芝居をしていた。

足が不自由になってからのサラは収入もなく破産状態にひとしかったが、借金に借金を重ね、豪勢な生活はやめていない。足は動かないが舞台には立ちたい。が、そんな事情をかかえるサラに仕事の話が来るわけがない。その辺のサラの心情を微に入り細に入り理解しているのが秘書のピトーと付き人のグルネー夫人である。二人はサラの頭の中や心の動きを様々に詮索忖度した上での会話を交わしつつサラの身の回りの世話をするのであるが、実はもうすでに十カ月というもの給料をもらっていない。それでもなお忠実に仕事をしつづける二人の心のありようがサラの人間的魅力とその偉大さのなによりの証明なのだが、サラを含めたこの三人の会話や身のこなしが、なんとも絶妙で、この芝居を見ているだけで嬉しくなってしまうほどのものだ。秘書のピトーは心の奥底にサラにたいする不相応な「愛」を抱いているのだが、それをひた隠しにしながら忠誠をつくす芝居は絶品であった。付き人のグルネー夫人はサラへの思いの複雑微妙な移り変わりを極めて自然に愛らしく演じていたのも出色だった。

核となっている物語はこうだ。フランス軍人で軍医でもあるデヌーセ少佐が、医者としてサラの右足を膝の上から切断し、第一次世界大戦の戦場におもむく。そして不運にも彼のすぐそばで爆裂した爆弾の破片を頭に受け負傷し、脳神経に異常をきたす。

一方サラは、足は動かなくても愛国心に燃え、兵士たちの慰問のため二人かかえの輿《こし》に乗って戦場をへめぐり兵士たちを激励し、また熱烈な歓迎を受ける。この時、負傷したデヌーセ少佐と再会し、そののち彼を自分のそば近くに置くのだが、ここいらあたりはフィクションであろう。そしてなんといっても決定的なフィクションは「ライオンのあとで」

だ。

サラのもとにアメリカから仕事のオファーが来る。しかしその中身はサーカスへの出演依頼であった。しかも出番は「ライオンのあと、象の前」と注釈がある。あまりのことに、ピトーはなんどもこの仕事を断ろうとするのだが、サラはやると言う。その情熱が凄いんだなあ。この情熱はもはやピトーなどには理解のおよばない、命ぎりぎりまで、無限の可能性に挑戦する芸術家の情熱なのだ。この情熱を当たり前のごとくに演ずる黒柳徹子が凄い。もう演技なのか実体なのか分からないほど晩年のサラ・ベルナールと黒柳徹子は一体化してしまっている。それはもう神々しいくらいに。劇場は熱い感動につつまれ、カーテンコールが六回もつづく。最後に車椅子から立ち上がった徹子さんはまったく普段の黒柳徹子にもどっていた。そう、この芝居は黒柳徹子が語る芸術家の情熱の物語だったのだ。

私の連載エッセイが『芸能の不思議な力』というタイトルで毎日新聞出版から発売された。その本の帯に黒柳徹子さんから推薦のお言葉をいただいた。お礼を言いに楽屋を訪ねたら、もうそこは光あふれるパワースポットになっていた。

勘三郎追善

平成中村座公演

平成中村座十一月大歌舞伎・十八世中村勘三郎七回忌追善・夜の部を台東区浅草寺本堂裏広場に設営された平成中村座（客席数八三六）で観てきた。平成中村座というのは十八世中村勘三郎が長年抱いていた夢を実現させたもので、二〇〇〇年十一月に東京・浅草の隅田公園内に江戸時代の芝居小屋を再現させた仮設劇場を設営して歌舞伎『隅田川続俤《ごにちのおもかげ》―法界坊』を上演したのが始まりである。この平成中村座というのは仮設の芝居小屋でやるというのがそもそものミソで、歴史の彼方に消えた江戸芝居の面影を夢の如くに再現してみせ、終わればまた夢のごとくに消えてなくなるというのが「一期一会」というか、なにやらはかなくていい、というのが勘三郎丈の哲学であった。以来、開設場所を変えつつほぼ毎年公演を行ってきたが、二〇一二年に座主の勘三郎丈が亡くなったため、二〇一三年は公演を行わなかったが、二〇一四年、長男の六代目中村勘九郎が父勘三郎の遺志と座主の責務を継ぎ、実弟の二代目中村七之助と共にニューヨークで仮設劇場を設営して平成中村座復活公演『怪談乳房榎《ちぶさえのき》』を行い、ここに平成中村座、つまり勘三郎の夢はふたたび生き返り、新しい希望となって動きはじめたのである。翌年は浅草寺本堂裏広場、その翌年は名古屋城内・二の丸広場と場所を変えて公演し、今回はまた浅草にもどってきたというわけだ。

勘三郎丈がなぜ平成中村座というとてつもない夢を抱くに至ったかというその訳はさほどむずかしくはない。初代中村勘三郎（一五九七－一六五八）は江戸三座の一つ中村座の座元であり、もとの名を猿若勘三郎といった。時代が下ると座元でありながら役者を兼ねることもあった。幕末になると中村勘三郎を名乗れる者がいなくなり、十四代から十六代までは「預かり名跡」となり、それを復活させたのが十七代目中村勘三郎であった。これより中村勘三郎は役者専門の名跡になり、その跡を継いだのが十八代目の勘三郎丈である。だから、勘三郎丈の血の中には座元だった初代の因子がうずいていて、どうしても江戸中村座をほんの一夜でもいいから再現してみたいという思いが荒れ野を駆けめぐる夢のように脳髄を旋回し心はせき立てられていたのであろう。

なんと言っても、江戸の歌舞伎は元祖猿若勘三郎が江戸の中橋南地（現・京橋あたり）に猿若座を創設したのが始まりとされる。それが寛永元（一六二四）年のことである。町奉行へ提出した願書には「能狂言を歌舞伎に取仕組興行致したく」（中村座由緒書）とある。初代勘三郎によって、それまでの能がかりだった歌舞伎は幽玄な能の世界から現実的な狂言の世界へと大きく様変わりを見せた。革命的転換とも言うべきものだった。このことが歌舞伎の魅力と吸引力と影響力を一層増大させ、のちのちの発展につながったと言って過言ではないだろう。この初代の思いは中村屋の芸に脈々と受け継がれ十八世勘三郎にまで流れ込んでいる。そのことを、どうしても自分の代で世に証明したいという強い願いが勘三郎丈にあったとしてなんの不思議があろう。

で、行ってみた。外見は浮世絵で見る江戸の芝居小屋にそっくりであり、中へ入ってみると、すべてのものが原寸通りということで、現在にあっては多少小作りに感じるが、小屋全体の雰囲気がまさに江戸なんだなあ。特に印象的なのは定式幕だ。普段見慣れている黒、萌葱《もえぎ》、柿色の三色ではなくて、黒、白、柿色の三色なのだ。これが鮮やかに目に飛込んでくる。これにはいわれがあって、寛永十二年、建造されたばかりの幕府の大船安宅丸が伊豆から江戸に入港された。この時、この入港式の音頭取りを命じられたのが初代勘三郎で、将軍家光ほか諸大名のいならぶ中、猩々緋《しょうじょうひ》の衣裳に金の采《さい》をふって船頭たちの音頭を取り無事入港を成功させた。この功により、勘三郎は将軍家から幕府の御用幕である黒白の段幕と金の采を賜った。この黒白に柿色を加えて中村座の定式幕とした。なぜ柿色を加えたかというと、御用幕をそのまま使うのは畏れ多い。歌舞伎役者という身分のシンボルカラーである柿色を加えたところが勘三郎の深謀だ。この定式幕はそんな歴史を物語る。天井からは中村座と書かれた大提灯が下がっていて、二階席のぐるりは中村屋の定紋である角切銀杏を黒く染め抜いた赤提灯が囲んでいて情緒満点だ。平土間の客席は畳床に座布団、奥や二階は椅子に座布団だ。なんかこう客同士が密着していて、芝居を観る楽しさが始まる前から横溢《おういつ》している。なにしろ満席だから。客層は歌舞伎座よりも年齢が二世代ほど若く、活気に満ちている。中村屋はファンに愛されているなあとしみじみ実感する。これも亡き勘三郎丈の遺徳のなせるわざであろう。

夜の部は『弥栄芝居賑《いやさかえしばいのにぎわい》』『舞鶴五條橋』『仮名手本忠臣蔵―祇園一力茶屋の場』であ

った。坂東玉三郎直々の指導を受けて、歌舞伎座で『助六』の揚巻《あげまき》を勤めて大成功を収めた七之助の遊女おかると勘九郎の寺岡平右衛門の息の合った一力茶屋も楽しかったが、なんといっても最大の収穫は『五條橋』で弁慶を勘九郎が勤め牛若丸を勘三郎丈の孫である中村勘太郎（七歳）が演じたことだろう。勘太郎の素晴らしさといったらない。可愛いとか大人顔負けだなんて褒め言葉は失礼に当たる。一人前の役者として大人たちに一歩も引けをとらず、堂々と立ち回りを演じ見得を切る。勘九郎との一糸乱れぬ所作の連続、実に感動ものだ。客席は万雷の拍手喝采である。

楽屋で勘九郎さんに会った。

「あなた立派になったねえ。芸の力、人の和、伝統の継承、そしてなにより人気だよ。もう平成中村座は盤石だよ。こんな景色を勘三郎さんに見せたいと本当に思うな」

「父の夢がぼくらの希望になったのです」

未来へ、未来へ、十七世勘三郎が創案した『俊寛』の最後の台詞が二人の胸に木霊した。

ドイツ音楽への憧れ

ドレスデン国立歌劇場管弦楽団の独自性

今をときめくクリスティアン・ティーレマン（一九五九－）がドレスデン国立歌劇場管弦楽団を率いて来日し、シューマンの交響曲第一、二、三、四番の全曲演奏をするという。こんなことはめったにあることではないので、二日つづけて足を運んだ（二〇一八年十月三十一日、十一月一日、主催ジャパン・アーツ、サントリーホール）。ティーレマンはかつてミュンヘン・フィルハーモニー管弦楽団と来日し、その時、ブルックナーの交響曲第五番を聴いて私はいっぺんにティーレマンのファンになってしまった。で、今回は新しく就任したドレスデン国立歌劇場管弦楽団との来日である。

ドレスデン国立歌劇場管弦楽団は驚くなかれ一五四八年にザクセン選帝侯によって創設されている。四百七十年前と言えば、日本では初世市川團十郎（一六六〇－一七〇四）も出雲阿国（一五七二－没年不詳）もまだ生まれていない。かろうじて世阿弥（一三六三－一四四三）が先んじているのがなにやら誇らしい。それぐらいの昔から、つまりかの大バッハ（一六八五－一七五〇）が平均律クラヴィーア曲集を完成する前に、イタリアのヴィヴァルディ（一六七八－一七四一）が『四季』を作曲する前にすでにして存在していたのである。初めは管弦楽団だけであったが、一八三八年に国立歌劇場が建設されそのレジデント・オーケストラとなり今日までつづいている。それでも古さとしては一四四八年に設立されたデンマーク王立管弦楽団についでの世界第二位である。しかし音楽的作品の宝庫とも呼べるドイツという環境がこのオーケストラを育てた。一八四八年革命「諸国民の春」の時には多少中断したり、第二次世界大戦では英米軍のドレスデン爆撃により甚大な被害を受け瓦礫の山となったが、そこから不死鳥のごとく旧に復した。東西ドイツの分割にも揺らぐことなく優れた演奏活動をつづけたドレスデン国立歌劇場管弦楽団は二〇〇七年に「世界の音楽遺産の保存のためのヨーロッパ文化財団賞」をオーケストラとしては唯一初めて受賞した。つまり世界の音楽遺産第一号となったのである。

歴代の音楽監督や指揮者としては、ウェーバー、ワーグナー、フリッツ・ライナー、ブッシュ、ベーム、ケンペ、ブロムシュテット、ハイティンクなど錚々《そうそう》たる名前が挙げられるが、生粋のドイツ人指揮者を首席指揮者に迎えるのは四十五年ぶりだという。

交響曲第一番第一楽章はトランペットとホルンのファンファーレで始まるのだが、その音を聴いた瞬間、なにか身震いのようなものを感じた。応答するかのように弦楽器が鳴り響く。「ああ、この音だ。私たち日本人はこういう音に憧れて西洋の音楽を聴き始めたのではないか」という深い感慨にとらわれた。ワーグナーはこのオーケストラを「奇跡のハープ」と名付けたというが、まさにその通りで、七十人の人間が楽器を演奏してこうまで自然な音色を出せるものかと不思議に思うのだ。世界の名人級を集め、しかも統制のとれたベルリン・フィルのあの輝くような響きでもない、どこまでも柔らかい絹の肌ざわりのごときウィーン・フィルとも違う。なにかもっと大きな誇りのようなもの、われらの音楽、われらの響き、音楽を演奏する喜び、そんな生き生きとしたものがみなぎっているのだ。見れば、オーケストラのメンバーは一心不乱にしかし自在に演奏してしかも過《あやま》たない。音楽には国境がないことになっているが、それは建前で、ティーレマンが指揮するドレスデンを聴いていると、建前どころか嘘っぱちであることが歴然とする。オーケストラのメンバー一人一人の音楽的教養の深さ、自分たちのオーケストラにたいする信頼と誇りの高さ、ドイツ音楽への愛情の深さ、そのレベルと同等の教養と信頼と誇りと愛情を持っている指揮者とが対話する。指揮者のちょっとした身振りにオーケストラは正しく反応する。そうやって、ピアニッシモからフォルティッシモまでオーケストラは想像を絶するような妙技を見せ、音響を作りだすのだ。私は、ドイツ人のドイツ人によるドイツ音楽を身に浴び圧倒されながら、この阿吽《あうん》の呼吸が完成するまでには実に四百七十年の年月がかかっていることをいやがおうでも実感させられる。

ドイツには三十を超すオペラ劇場がある。この場合のオペラ劇場というのは、総監督がいて、オーケストラがあって、合唱団があって、オペラの主要メンバーを常に備えていて、定期的に公演ならびに演奏会を開いていることが条件になるが、そんな劇場がドイツ連邦共和国を構成している州の数より多いのには驚かされる。そのオペラ劇場には暗黙のうちにランク付けがあって、才能ある若者たちが、切磋琢磨して一段一段と階段を上がるようにして世に出てくるのだ。そしてついには、バイエルン歌劇場、バイロイト祝祭劇場、デュッセルドルフ歌劇場、ドレスデン歌劇場へと上りつめる。これに加えてオーストリアのウィーンばかりでなく、イタリアやアメリカをも視野に入れるであろうから、もう巨大な音楽の戦場が広がっている。そこで勝ち残ってきた楽団員と指揮者が、四十五年ぶりに相見《あいまみ》えてドイツ人のドイツ人によるドイツの音楽を演奏している。

そこに彼らの念願する音の鳴らないはずがない。シューマンの交響曲第二番第三楽章のなんという美しさであろう。こんな嫋々《じょうじょう》とむせび泣くような演奏を聴いたことがない。二日目の交響曲第四番の第三楽章の終わりあたりからぐっとテンポを落として、待たせに待たせたあげくにようやくにして第四楽章へと入っていく、あの心憎いばかりの指揮ぶり。この感動の中で音楽の国境が消えていき、感動はいやが上にも高まっていく。シューマンの交響曲はベートーヴェンとブラームスの交響曲に挟まれてちょっと影が薄いが、もし初期の段階で、これほどに入念な演奏がなされていたら、もっと広く深く日本人にも愛されていただろう。そんな胸の熱くなる二日間だった。

新・北斎展

画狂老人卍の超絶生涯

新・北斎展（森アーツセンターギャラリー、二〇一九年一月十七－三月二十四日）は日本初公開となる貴重な作品を含めた北斎の全生涯にわたる画業を網羅し一堂に公開する、という宣伝文句に違《たが》わず展示作品四百七十九という濃厚な内容の北斎展となっていた。

葛飾北斎（一七六〇－一八四九）という画家のデビュー作品から転換期、そして『北斎漫画』から『冨嶽三十六景』へとつづく絶頂期を経て画狂老人卍《まんじ》となってさらなる飛翔を希求する最晩年の作品まで目の先三十センチでじっくり観て、腹の底からの感動に打たれ、会場を出た時は眩暈《めまい》さえ覚えた。

今、世界で一番素晴らしい絵画作品（版画含む）は何か、という質問をすると、北斎の『冨嶽三十六景』の「神奈川沖浪裏」と答える人が多いと聞く。かつてはダ・ヴィンチの『モナ・リザ』が模範解答であり、北斎という答えは日本人にたいする社交辞令ではないかと思われていたが、実物をそば近くに見ると、この「沖浪と遠景の富士山」の絵はやはり人類のうちの誰一人として夢想だにしなかった視点を発見した大事件であったと今更のように確信するのである。大胆な構図と大波の美しさ。うねる荒波に弄ばれる三艘の舟。その舟には船頭たちがしがみついている。この激しい「動」のはるかかなたに雪を頂いた富士山が「静」の象徴のようなたたずまいを見せている。ドラマとダイナミズムが躍動しつづけて終ることがない。しかも空と大地と海と人間を描ききり完璧である。一度見たらこの絵は見た人の心の中で決して静まることはない。そして霊峰富士だけが遠く小さく静かに一点の光のように眼の底に残る。

会場では、この版画の製作過程を九枚の板木を展示して説明してくれているが、それはそれは精緻を極めたものだ。まずは板木に全体の線描を彫る。次に寸分の狂いもない大きさの板木に寸分の狂いもなく彫りつけて淡い青色を刷り込む。また次に寸分の狂いもない板木に寸分の狂いもなく、濃い藍色を刷り込む。次に舟の色の黄色を刷り込む。そしてまた次に薄茶色の色を、そしてさらにそれにぼかしを入れる。これを九回繰り返して完成するのだが、浮世絵の彫り師の技の精妙さにはただただ感嘆するばかりだ。

高さ三十センチ、横幅四十センチという小さな版画が放つ神秘性はこういう人知れぬ技の極致によって支えられていることを改めて知った。また彫り師たちに最高の技を要求し、彫り師がそれに応えるのは、天才北斎の肉筆画が放つ魔法のオーラであろう。そして北斎の価値を日本人より先に認めた世界の鑑賞眼の高さ(中にはファン・ゴッホ、ゴーギャン、ドビュッシーなどがいる)に私たちは素直に脱帽しなくてはいけない。一九九九年にアメリカの『ライフ』誌が「この1000年で最も重要な功績を残した世界の人物100人」で、日本人としては唯一北斎を八十六位に取り上げている。北斎は私たちが考えるよりもはるかに偉大な画家であったことのなによりの証明である。

北斎は宝暦十(一七六〇)年武蔵国葛飾郡本所割下水(現・東京都墨田区の隅田川に接する

一画）の貧しい百姓一家に生まれた。川村という姓で、幼名は時太郎。貸本屋の丁稚《でっち》として働き、読本の挿絵などを見るうちに絵心に目覚め、十歳の時、彫刻師の徒弟となる。

安永七（一七七八）年浮世絵師・勝川春章の門下となって修業を積み、翌安永八年には早くも「春朗」の画名で人気女形、三代目瀬川菊之丞の役者絵でデビューを果たす。しばらくは名所絵や役者絵で人気を博していたが、寛政六（一七九四）年狩野派に出入りして勝川派を破門される。この頃から北斎はまったくの自由人であった。絵の流派やジャンルを軽々と飛び越えて、興味のある画法なら狩野派も琳派《りんぱ》も唐絵もすべて学んでものにしていった。普通の人間なら名を知られるための努力をするものだが、北斎は画名が売れると絵まで高値で売れることを嫌った。だから名が売れてくるとすぐにそれを人に譲り、別の画名を名乗った。「春朗」「宗理《そうり》」「北斎」「戴斗《たいと》」「為一《いいつ》」ほか二十五の画名を名乗ったが、北斎はどこまでも北斎だったのがその画業の特異さと秀逸さがずば抜けていたことの証しであろう。また生涯に九十三回の引っ越しをした。北斎は絵に精神集中するあまり三度の食事を出前で済ませた。家には所帯道具はなにもなく、湯飲み茶碗が二つか三つあるばかり。お茶さえ土瓶をもって近所にもらいにいった。外で買ってきたものは包み紙のまま食い、食い終ったら包み紙はそこらに捨てておいた。そのゴミが臭いを放つようになったら引っ越す。その繰り返しだ。

役者絵も名所絵も風景画も『北斎漫画』のような人間の形態のあらゆる変容の軽妙な描写も、曲亭馬琴作『椿説弓張月《ちんせつゆみはりづき》』の挿絵における迫真的描写も春画浮世絵の『蛸と海女』

のアッと驚くような画題の発見も、向かう所敵なしの状態であった。まさに北斎は日本における絵画の巨人であった。バルザックはその大著『人間喜劇』の総序において「人間世界での風俗を書き留めれば豊穣性はおのずと備わるはずだ。私はフランス社会の書記となればそれでいいのだ」、そう言って細微をつくした風俗描写の小説をあまた書き残したが、まさに北斎も江戸時代の庶民の風俗を三万点の作品に細微に描ききり豊穣性まで表現してみせた。こんな画家は世界中で日本の北斎が最初で最後だろう。バルザックと没年がほぼ同じなのも偶然ではあるまい。天才は時代の要求が生む。まぎれもなくこの二人は天才であった。

九十歳の時「あと十年いやあと五年、命長らえることを天が私に許されたなら、真正の画工になってみせるのだが」と言った。北斎の志はあくなき向上心それ一つだった。

だが辞世の句は飄々たるものだ。

人魂《ひとだま》でゆく気散《きさん》じや夏野原

画狂老人卍とまで名乗った自由人北斎は生死の境さえも鼻歌まじりに越えていく。

オペラ『静と義経』再演

私の作・台本のオペラ『静と義経』（三木稔作曲）が日本オペラ協会創立六十周年記念公演（二〇一九年三月二日・三日、郡愛子総監督、田中祐子指揮、東京フィルハーモニー交響楽団、新宿文化センター）として二十六年ぶりに再演され、自分で言うのもなんだが、大成功のうちに終った。

再演の申し出を受けたのは二〇一七年の春のことで、私は前年の九月に二度目のがん闘病から脱出したばかりで、心身ともに弱り果て、正直、この公演を自分の目で観ることはまずないであろうとさえ思っていた。

私は今まで自分のオペラ作品はすべて自分で演出してきたが、今回は、生死もおぼつかないのにそれはおこがましいと思い、「監修」としての参加にとどめていた。しかし二年という時は瞬く間に過ぎ去り、気がつけば私はまだ死なずにいる。それどころか傘寿とかいうめでたい年齢を迎え、体力は健康時の八十％くらいまで回復している。

オペラの稽古はいよいよたけなわを迎えるところだという。ならばと思い、作者および監修者として激励をかねて稽古場に行った。ところがそこで見たものに驚いた。オペラ界では高い評価を受けている馬場紀雄氏が演出を担当しているのだが、その演出が、私の「目標」とするものとはあまりに違っていた。

第一稽古場が暗い。出演者たちにストレスがたまっているのが手に取るように分かる。指揮者は不機嫌な顔をして指揮棒を振っている。

こんなことは普通ありえないことだ。

「何から何まですべてが違う」

私は自分の作品が汚されているように感じ、体が震えてきた。ついに私は、「違う!」と声を発し、稽古を停めた。

「どうしてこうなるわけ?」

私は演出家と短い話し合いをした。

「二十六年前の鎌倉での公演ビデオを観て、それを踏襲した上で、私なりの世界を追求したつもりです」

と言う。しかし、この西洋オペラを専門とする演出家は日本の芸能芸術についての愛と知識が希薄であることを認めた。

「この『静と義経』というオペラは日本芸能芸術の精髄が充満しているのに、それを表現しようという思いが演出する側になければ、最初の第一歩からして踏み出せないはずだ。あなたに演出は任せられない」

と私は言い、演出家は素直に承諾し、私が全面的に演出することになった。

私が参加した稽古の第一日目は指揮者とピアノ伴奏による立ち稽古であったが、私は違うと思ったらすぐに停め、直し、その訳を伝え、得心させ、先へ進む。それを何度となく繰り返した。出演者の誰よりも台本と音楽を読み込んでいる田中祐子という指揮者は、喜々として私の演出を助けてくれた。そして進むにつれ稽古場がどんどん明るくなる。芝居が生き生きとしはじめ、それを目の当たりに感じてか、稽古をしていない歌手たちまでが、立ち上がって他人の稽古を熱心に見ている。

初めて稽古を見た日、八幡宮で舞う静の舞を「なってない」とけなした私は静役のソプラノ（坂口裕子）に「今日、ユーチューブでいいから、坂東玉三郎の『阿古屋《あこや》』（義太夫名曲『壇浦兜軍記《だんのうらかぶとぐんき》』三段目。畠山重忠は阿古屋に琴・三味線・胡弓を弾かせ、その音色の乱れから平景《かげ》清《きよ》の行方を知ろうとする）を見なさい。あそこには静と同じ思いがそっくりそのままあるから」と言っておいた。彼女はそれを実行し、理解し、稽古をしてきた。その結果は明らかで、彼女の舞と歌はまさしく義経を思いつつ舞い歌う静のものになっていた。その変貌ぶりに全員が驚いている。

「十倍良くなった」と私は褒めた。

稽古場は明るく軽やかになった。見ると、全員が納得と喜びの笑顔だった。稽古が終わった時、出演者全員から拍手をもらった。こんなことは初めての経験だった。

私は久しぶりに、生きているという実感を味わった。そして、私はオペラが好きでたまらないことも再確認した。

オペラ『静と義経』は吉野で始まり吉野で終わる。『義経千本櫻』が象徴するように、吉野は義経と静のアジール（隠れ処）であり、吉野山に咲く数万本の桜は、化外《けがい》の民とさげすまれてきた芸能の民たちの魂の憑代《よりしろ》であり、ふるさとでさえあるからだ。例えば『助六』の開幕で歌われる河東節《かとうぶし》では、吉野山から、根ごして植えし江戸桜―、とある。吉野から移しかえられた桜であるからこそ、江戸に芸能の華が咲いたのである。

時代はまだ日本に芸能が始まっていない頃だったが、化外の民である白拍子の舞う踏歌《とうか》からのちに能となる田楽や猿楽が始まり、その変形として歌舞伎が誕生する。いわば白拍子は日本芸能の本質を体現する存在であったということ。このことがいかに重要であるか。

それゆえに、このオペラでは静が山案内人に犯され穢される場面を入れている。穢されるといういわば精神的な死からいかにして蘇生し、復活するかがテーマだからだ。

頼朝ら鎌倉武士たちは義経の首柩《ひつぎ》を、扇を広げ、逆さにしてその骨を通して見る。穢れたものを見る伝統的作法である。あれほどの武勲を残した義経が生首すなわち穢れとなってそこにある。しかし、穢れたことによって、義経は静と一体となったのである。戦場から戦場へとさまよい、あげくは奥州へと追われ追われてさすらう姿は、路上に生きる化外の民の姿そのものではないか。ゆえに二人の愛には死してのち蘇る力があるのだ。それこそが芸能の不思議な力というべきものだろう。

再演は二日間とも満席の盛況であった。

観客の皆さんは作品の意図を真っ正面から受け取り、惜しみない拍手と喝采を送ってくれた。指揮者最高。歌手たちも最高。ブラビッシモ！だ。

オペラという芸術が芸能の神秘に目覚めた瞬間でもあった。

ショスタコーヴィチ交響曲第五番誕生前後

亀山郁夫著『ショスタコーヴィチ―引き裂かれた栄光』は見事なショスタコーヴィチの解体新書である。二十世紀最大の作曲家と言われつつも、今なおその評価に疑問符の付けられるショスタコーヴィチという音楽家の人生はもちろんのこと、各曲の作曲に至る経緯やソヴィエト党本部との微妙な関係などが今までに類例がないくらい詳細に書かれていて、感動しつつ読んだ。

ショスタコーヴィチ（一九〇六－七五）の生涯の中でももっとも劇的なのは『交響曲第五番』成功の瞬間だろう。そのことについて語りたい。

ショスタコーヴィチは一九三四年に『鼻』に次ぐ二作目のオペラ『ムツェンスク郡のマクベス夫人』をレニングラードで初演して成功を収めた。この性暴力場面を含む内容は「ポルノフォニー」とか「寝室オペラ」などと酷評されはしたが、レニングラードとモスクワでは二年間に八十三回の上演を記録するヒット作品となった。ヨーロッパ各国でも上演され好評を得ていたが、この斬新なオペラに本国の音楽ファンたちも戸惑いを隠せず、賛否両論が渦巻いた。ショスタコーヴィチの地位は揺るぎないものになるかのように見えたが、一九三六年一月二十六日、ヨシフ・スターリンが側近らと共にボリショイ劇場に来た。むろん作曲者も終演後に称賛を受けるべく舞台袖に待機していた。ところが、スターリンは第三幕の途中で席を立って帰ってしまったのである。ショスタコーヴィチが不安に駆られたのは言うまでもない。

二日後の一月二十八日、共産党中央委員会機関紙「プラウダ」に『マクベス夫人』は「音楽以前の荒唐無稽」と酷評された。スターリンの逆鱗に触れたのだ。ショスタコーヴィチは震え上がった。いつわが身に危険が及ぶか分からない。すぐさま『マクベス夫人』はレパートリーからはずされ、以後二十年以上にわたり上演禁止となった。

亀山氏は「二枚舌」という上手い言葉でショスタコーヴィチの巧みな党本部との駆け引きを論じている。二枚舌とは（本書から引用する）「1当局ないしスターリンに対するあからさまな礼賛となることを避け、控え目ながらの忠誠心を呈示する。2歌詞を用いなければ、交響曲の内部に、さまざまな仕掛けを設けることができる。すなわち外部からの批判なり解釈なりに対してどのような受け答えも可能となる」ということだ。だから、ある意味自信をもって『交響曲第四番』の作曲に取り掛かり、完成させ、初演のリハーサルに入った。一時は震え上がったショスタコーヴィチにこのような行動をとらせた一つの理由は、この時期、まわりの世界は次にくるスターリンの大粛清という大嵐の前の静けさのような状態にあったことにもあるだろう。

その静けさの中で、ショスタコーヴィチはのちに全作品中の白眉と言われる作品を書き上げるのだが、天才的な音楽家の予言性とは誠に神秘なものだ、その交響曲には、直後に起きる大粛清の暴力を思わせる描写が随所にある。しかも最終第三楽章には粛清された人々に対する哀悼のレクイエムまで書かれているようにも見える。

しかし当局の目は節穴でなかった。レニングラード楽友協会の会長であるレンジンはショスタコーヴィチを執務室に呼び、「作曲家自身が自発的に交響曲の初演を撤回するように要請した」。ショスタコーヴィチがまたまた震え上がったことは間違いないだろう。「それ以後、わたしは国事犯となった。人民の敵とまで呼ばれた」と『ショスタコーヴィチの証言』（S・ヴォルコフ編）にはある。

ショスタコーヴィチはスターリン個人に対して申し開きをしなければならなかった。そして許されるという起死回生の作品を書かなければならなかった。

その作品『交響曲第五番』は一九三七年十一月二十一日、レニングラードのフィルハーモニー大ホールでムラヴィンスキーの指揮によって初演された。「国事犯」が「人民の敵」がどのような音楽でその批判に答えるか。すべてはその一点にかかっていた。ところが「ムラヴィンスキーの指揮棒が振り下ろされるや、大ホールはたちまち金縛りにも似た緊張感に包まれた。第三楽章に入ると客席のいずこともなくすすり泣きが起こった。そして最終楽章のコーダが近づく頃には聴衆のほとんどがステージに向かって立ち尽くすという驚くべき光景が現出した」（亀山著より）。

この交響曲を「うんざりするようなこけおどし」と批判する人もいた。「芸術家ショスタコーヴィチが破滅した」と言う人もいた。ロストロポーヴィチは「私はこの曲を指揮するのが恥ずかしい」とまで言った。またショスタコーヴィチの二枚舌を疑った人もいた。

しかしスターリンお気に入りの作家アレクセイ・トルストイ（大トルストイの縁戚にあたる作家、一八八三－一九四五）は「このような芸術家を生み出したわれらが国民に栄光あれ」と全面的に賛美し、裁定は下されたのである。とにもかくにも、ショスタコーヴィチは誰がなんと言おうと「ハイル・スターリン」を書いて勝利したのである。成功報酬は恒久的な「安全通行証」と「生命保証書」であった。

ショスタコーヴィチは二枚舌だったかもしれないが、その二枚目は脆弱なものだった。だが脆弱ではあったが、それはショスタコーヴィチの良心であり実体であり芸術家にとって何より大切な魔性だったのである。この時以来、ショスタコーヴィチは世界的に有名な作曲家となり、世界中で歓迎され、数々の栄誉に輝き、現世の栄光にひたる。スターリンの死後、一九六一年九月十四日、ショスタコーヴィチは共産党に入党し、世界の芸術家を落胆させた。しかしショスタコーヴィチは「最後には私の音楽が残る」と言った。残された音楽の中に、脆弱な二枚目の舌が命がけで奏でた音色を聞き出そうと、私たちは躍起になっている。

イチロー引退記者会見

アスリートを突き抜けた芸術家

イチローがついに引退した。その舞台となったのはＭＬＢの日本における開幕試合、マリナーズ対アスレチックスの第二戦（二〇一九年三月二十一日、東京ドーム）でのことだった。試合の途中からイチローがこの試合をもって引退するといった情報を球団側が発表したこともあり、球場はにわかに悲壮感につつまれた。オープン戦を含めて前日まで二十六打席無安打状態がつづいていることもあって、イチローの打席になれば球場全体が息をつめて祈る異様な沈黙につつまれ、バットを振ってもヒットにならなければ大きな溜め息となる。が、守備では健在ぶりをアピールし、山なりではあったが往年のレーザービームを想起させる送球を見せてくれたりもした。四打席目もまた内野ゴロでイチローは全力疾走したがギリギリセーフにはならなかった。三十打席無安打？　イチローにもこんなことが起きるんだ。私はこのことに胸を打たれた。その後、ライトの守備についたイチローをサーバイス監督が呼びもどしたところで、イチローの現役生活は終止符を打った。

まだ試合の途中だというのに、あの騒ぎはなんだろう。ベンチへと走るイチローに拍手と歓声は鳴りやまない。マリナーズの選手たちみんながイチローと、感謝と友情の抱擁をする。この日がメジャー公式戦デビューの菊池雄星投手は大粒の涙を流して口もきけない。イチローは「頑張れよ！」と声をかけたようだが、菊池投手はしゃくりあげるばかり。

試合は延長十二回、5－4でマリナーズの勝利で終わった。終わったあとは一大イチローショーの開幕だ。東京ドームを埋め尽くした四万五千人の観衆が誰一人として席を立たない。そこへイチローがまるでウイニングランのように球場を回る。あの帽子を水平にしたまま腕をのばす独特のイチローポーズで球場にぐるりと感謝の挨拶を繰り返す。観衆は帰らない。イチローはマウンド近くまで出て帽子を取る。これほどの引退試合がかつてあっただろうか。公式試合を自分の引退セレモニーにしてしまった選手なんて過去にいただろうか。後にも先にもない空前絶後の出来事が私たちの目の前で展開していた。

二〇〇一年、メジャーデビューしたその年に、242安打、新人王、MVP、首位打者（三割五分）、盗塁王、ゴールドグラブ賞など多くの賞に輝く。そこから十年連続200安打を記録。二〇〇四年にイチローが更新した262安打のシーズン最多安打記録は今なお破られていない。日米通算4367安打（日本1278、メジャー3089）と輝かしい記録につつまれてイチローの日本で九年、メジャーで十九年、計二十八年に及ぶ野球人生は、今ひとまず、終わった。引退記者会見は近来にない感動的なものだったが、のちに触れることにして。

私はイチロー選手の試合を生では一度しか観たことがない。それは阪神・淡路大震災のあった一九九五年のことで、チーム自体も被災したオリックス・ブルーウェーブは「がんばろうKOBE」を合言葉にパ・リーグ優勝を果たした。そしてセ・リーグを制したヤクルトスワローズと雌雄を決することになったのだが、神戸での二試合と神宮に移っての第三戦はヤクルトの三連勝。神宮での第四戦はオリックスがかろうじて勝利したが、前年とこの年と二年連続でパ・リーグ首位打者となっている頼みの綱のイチローが全然打てない。ヤクルトの野村克也監督は「このシリーズはイチローを完全マークして勝つ」と宣言していたが、その言葉どおりイチローはヤクルト投手陣の内角攻めに苦しめられヒットらしいヒットも打てずにいたのである。私は子供の頃からの巨人ファンではあるが、「考える野球」の信奉者で、その野球の最初の実践者である野村監督の野球哲学も好きなのだ。

第五戦。一回表、オリックスの攻撃。一番二番が凡退し、たちまちツーアウト。三番イチローもブロス投手によって2－2と追い込まれた。しかし五球目、内角高めのボールをイチローがひと振り。ボールはやけに静まり返ったライトスタンドにライナーで突き刺さり、イチローは顔色ひとつ変えず、手をあげて観衆に応えるでもなく、紫色の秋の空の下、つまらなそうにダイヤモンドを一周した。三塁側内野席にいた私の目に背番号51だけが訳もなく焼き付いた。オリックスはその一点だけ。ヤクルトは3－1で難なく勝利し、日本一になった。

それだけのことだが、今となってみれば、イチロー選手のホームランをこの目で見たというあの実感はなかなか忘れ難いものだ。

で、引退記者会見を見て、イチロー選手は偉大なアスリートであることはもちろんだが、それを突き抜けて芸術家ないしは哲学者の域にまで達した人なんだということを知った。

質問　引退にあたって後悔することはありますか？
答え　今日の球場の出来事、あんなもの見せられたら後悔などあろうはずがありません。死にはしませんよ。でも、死んでもいいという気分にはなりましたね。
質問　過去に印象に残るエピソードは？
答え　今日の出来事に比べたら過去のエピソードなんて、どれも小さなことですね。
質問　アメリカに渡ったことの感想は？
答え　それは自分がガイジンになったということ。ガイジンつまり少数者の仲間になったことで、ものの見方感じ方が変わってきた。優しくなったし、人の痛みについて敏感になった。これぱっかりは体験しなくては分からないことで、エネルギーのある元気なときにそれに立ち向かうことが重要だと感じています。

旧満洲からの引き揚げ者として、日頃から異邦人意識の抜けきらない私としては、イチローのこの言葉には異常に反応し、過剰に感動した。

妻への感謝、愛犬一弓のこと、興味がつきない会見は深夜の一時にまでおよんだが、素晴らしいものだった。

渡辺謙凱旋公演

日本人初の本格的ハリウッドスターであり、またミュージカルスターとしても大成功した渡辺謙の凱旋公演、リンカーン・センターシアタープロダクション・ミュージカル『王様と私』（バートレット・シャー演出）の引っ越し公演（東急シアターオーブ、二〇一九年七月十一日‐八月四日）の初日を観た。主役の英語教師アンナを演ずるケリー・オハラ（二〇一五年、この作品でトニー賞主演女優賞受賞。この人がまたこの世のものでないくらいに素晴らしい）はもとより、オリジナルキャストにほぼ近い陣容と共に渡辺謙が堂々と演じている舞台を観るということはすべての日本人にとって初めての経験であり、なんとも幸福な空気が劇場全体をつつんでいた。

ミュージカル『王様と私』は『オクラホマ！』『南太平洋』の大ヒット作を世に送り出したオスカー・ハマースタイン2世（作・作詩）、リチャード・ロジャース（作曲）両巨匠の脂の乗り切っていた時代の作品で、一九五一年にブロードウェイで初演（ガートルード・ローレンス、ユル・ブリンナー主演）され、三年近いロングラン公演となった名作中の名作である。一九五六年には映画にもなり、日本人はこの映画によって『王様と私』を知り、『シャル・ウィ・ダンス？』という名曲は日本でもスタンダードになった。

物語の舞台は一八六〇年代のシャム（現在のタイ）。その王宮に英語教師として英国人女性のアンナ・レオノーウェンズがやってくる。そして王様やその妃、後宮の側室たちやその子供たちに英語を教え、それと同時に英国式礼儀作法やヒューマニティ意識を目覚めさせていく。しかしシャム王モンクットは国の主であり、そう簡単に話が通じ合うわけがない。というところから物語は始まるのだが、この英国人女性とモンクット王が実在の人物であったというところが面白い。夫を亡くし、息子を連れて未知の国に乗り込んだ女教師アンナの手記があり、それに興味をもった女性作家のマーガレット・ランドンが小説『アンナとシャム王』を書いた。それを原作とした映画が作られたりしたが、英国の大女優ガートルード・ローレンスがミュージカル化を思い立ち、彼女がロジャースとハマースタイン2世に依頼して、この作品が完成した。

一八六〇年代と言えば産業革命以後の英国最盛期いわゆるパックス・ブリタニカの時代であり、自由貿易と植民地化政策で英国は世界に冠たる覇権国家となっていた。そんな国から、シャム国の要請により、英語教師としてのアンナが乗り込んでくる。一方シャム国は東南アジアの小さな仏教国であり、裸足で町を歩き、衣装はほとんど裸に近い、西洋人の目から見ればどう見ても野蛮人であった。

しかし野蛮人と見えるシャム国は一二〇〇年代かられっきとした歴史を持つ王権国家である。伝統と誇りがある。だが、西欧の価値観を絶対視するアンナにはそんなものは目に入らない。パニエの入った裾の広がったスカートを穿いてブイブイと英国式の自由と人権思想を押しつけてくる。この異文化の衝突と葛藤が、日を追うにつれて薄らいできて、人間同士の親しみや愛着と理解に発展していくところが物語のメインストーリーなのだが、その人間心理の機微を描くシナリオと作詩、そして音楽が精妙で、ロジャース＆ハマースタイン2世の腕の凄さには圧倒させられる。王様は威張る、どなる、わがままを言う、自己主張を絶対に変えない。女など人間扱いしない。自分を上から見下ろすことを許さない。だから臣下は床に這いつくばる。そんな憎たらしい王ではあるが、胸の中には西欧列強の圧力からどうやって国を守るべきかという大いなる悩みをかかえている。このシャム王モンクット役の渡辺謙の歌の上手さは当然としても、ユーモアセンスに溢れていることには驚かされた。実に愛嬌があり、ナイーブで可愛いのだ。だから、王とアンナのやりとりは常に笑いにつつまれる。シャム王のこの可愛らしさが異文化の衝突を緩和させることに大いに貢献したであろうことが想像される。次第に相寄る二人の心に、私たち観る者は至極自然に感情移入してしまうのだが、そんな時、あの聴き慣れた名曲『シャル・ウィ・ダンス？』の気配が漂ってくる。もう劇場は拍手の嵐だ。

まずステップの練習。１２３と１２３。王様はすぐにステップを覚え、アンナと王は舞台狭しと踊りまくる。終わってひと息入れてまた踊る。二人はもはや解放されている。王という存在のしがらみも未亡人であることのたしなみもすべて忘れ、今や二人の心は一つに！という瞬間、ダンスはぴたりと終わる。この余韻がまたたまらない。まこと夢見るような、またほろりとくるひとときである。

英国から賓客を迎えて晩餐会を開くのだが、そこで披露される『アンクル・トムの小屋』という小劇（劇中劇）が美しい。アメリカ南部の物語をシャムに移し、シャム式の踊りで表現する。美しいダンスシーン（ジェローム・ロビンス振付）となっている。この『劇中劇』が全体のストーリーを象徴することになるのだが、この後、急転直下、モンクット王は病床、しかも死の床に伏す。

そこで跡継ぎのチュラロンコン皇太子に「お前が王になったら最初にやりたいことは何だ？」。皇太子は答える。「臣下が蛙のように床に這いつくばることをやめたい」。みんなは驚き王の顔色を窺うが、王は「お前は王になるため今日まで鍛練してきた。お前の言うことに間違いはなかろう」と言って死ぬ。

この後、歴史の上ではタイ（シャム）は英仏両勢力に挟まれながらも独立を維持しつづけ、最後まで植民地化されることはなかったが、それはきっとアンナ教師を招聘したモンクット王の先見の明と、アンナ教師が説く西欧の独立思想を吸収したチュラロンコン皇太子の覚醒の結果であろう。そう思うと、この作品は、異文化融合の最も美しい成功例であり、現代史の叡智の遺産とも言えよう。

映画『エイリアン』の造形デザイナー、H・R・ギーガーの迷宮世界

一九七九年公開のSF映画『エイリアン』（リドリー・スコット監督、英・米）を観た時の驚きは今なお鮮明に残っている。怖いという点に関して言うなら、あれほどのものにはいまだ出会っていない。その後はシリーズとなって『2』『3』『4』『プロメテウス』『エイリアン：コヴェナント』と続いているから、あの怪物とあの恐怖を知らない人は世界中にそう多くはいないだろう。

私は第一作を観て、なんといっても『エイリアン』の造形デザインに衝撃を覚えた。怪奇なのだが、こちらの心を憎悪へとはかきたてることなく、不思議な親近感を持たせるのは何故なのだろうとそればかりを考えていた。卵から生まれたばかりのエイリアンは憎々しい顔に尖った牙を持つ、それこそこの世のものとは思えない容貌をしているが、この後部は硬直した男性器を思わせて奇妙にエロティックである。つまりエイリアンは生まれた時から両性具有の生物なのだ。成長したエイリアンは残忍非情な怪物であるが、雨のように降りそそぐエイリアンが排出する液体はねばねばしていて、男性のスペルマか女性のヴァギナからしたたる淫水か、たぶん両方だろう。映画は緊張に満ちたホラーなのだが、セクシュアルでエロティックなのだ。そういう何か私たち人間の魂の奥底にある根源的なものをエイリアンに感じた私は変わり者なのだろうか。

『エイリアン』の造形デザイナーのハンス・リューディ・ギーガー（一九四〇－二〇一四）は一九八〇年のアカデミー視覚効果賞を受賞した。この時初めて、この人の名前を知った。そこで調べてみると、ギーガーは若くしてすでに暗黒的幻想画家として認められていて、ヘヴィメタル・ハードロック音楽のアルバム・ジャケットのデザインなどで手堅くファンを獲得していた。『ネクロノミコン』（日本語版、トレヴィル発行）という大部な画集も出している。それを観てまた驚いた。どこを開いても、ヴァギナとペニスと丸い臀部の氾濫である。あるものは動物の内臓のように絶妙な絡まりあいを見せ、あるものは無気質で近代的な機械のごとくに精妙かつ機能的に配置されてある。ヴァギナにはペニスが突き刺さっている。これらモノトーンの作品は限りなく耽美的で退廃的で悪魔的で魔術的で、とにかく暗黒世界を現出させたような超現実的なものだったが、描かれた女性の顔はエジプトの女王のような揺るぎない美しさに満ちていた。人間が長い歴史のかなたに置き忘れたものに再会したような既視感、確かに私たちのものでありながら、その存在を意識的に無視し、精神の暗闇に追いやっていたものが、現実と夢を隔てる薄い膜を突き破って出現したとでも言うか、悲しみのトーンに裏打ちされていて、なにか泣きたくなるような郷愁の匂いに満ちていた。

ドキュメント映画『DARK STAR／H・R・ギーガーの世界』（ベリンダ・サリン監督、二〇一四年、スイス）に出てくるチューリヒの街中にあるギーガーの家はとにかく凄い。一歩家の中に入ると、そこはもう悪魔的迷宮で『ネクロノミコン』の原画や魔訶不思議なオブジェがところ狭しとならべられている。この映画の中でギーガーは、人間の哲学的中心テーマは『誕生』と『生殖』と『死』の三つしかないと断言する。

「影響がどこで終るかは確定しがたいが、人はその少年時代に受けた感化は一生これを持ちつづける」と言ったのはボードレール（『赤裸の心』）だが、クリーチャー・デザイナーとして一躍脚光を浴びたハンス・R・ギーガーほどその顕著な例を見せた芸術家はほかにはいないと思う。なにしろギーガーの父親は、スイスのクール市で薬屋を営む薬剤師だったが、なんと六歳になったばかりのハンス少年にプレゼントと称してドクロを与えた。バーゼルの化学会社からもらった本物の頭蓋骨である。ハンスは怖くて仕方なかったが、恐怖を見せまいとしてその頭蓋骨に紐を通して、それを振り回して遊んでいたという。そのうち恐怖は薄らいでいったが、恐怖体験は濃厚にハンスの中に残った。以来、ハンス・ギーガーは怖い夢を毎晩見るようになった。その怖い夢の記憶をたどりつつ克明繊細な絵として描くようになった。その行為もやはり悪夢の恐怖から逃れるためのものであったが、そうやってギーガーは毎晩恐怖の悪夢を見、目覚めてそれを再現することが生きていることの証明になった。

その恐怖のそもそものよって来るところは何か。アインシュタインは誕生したばかりの嬰児《えいじ》の記憶は白紙の状態であると言ったが、それは大きな間違いで、嬰児は母の胎内にいる時からすでに恐怖に怯え、真っ暗な胎道を通過する時にも恐怖にさいなまれていたことをギーガーは自分の体験として明確に思い出す。ギーガーは『誕生』と『生殖』と『死』

をテーマにした作品を、暗黒世界の案内人のごとくに、予言者のごとくに、魔術師のごとくに際限もなく作り出していくことになった。

『ネクロノミコン』に収められる予定の原画を見て、映画監督のリドリー・スコットは「私は腰を抜かした！」というほどの衝撃を受けた。スコット監督は『エイリアン』（ダン・オバノン脚本）の製作準備に入っていたのだが、そこに登場する怪物のデザイナー選びに苦慮していた。がこの瞬間、その造形デザイナーはギーガーに決定した。この後のギーガーと映画製作現場との格闘は『ギーガーズ・エイリアン』（日本語版、河出書房新社）に詳しい。映画のヒットの影響もあるが、ギーガーは、ヒエロニムス・ボス、ウィリアム・ブレイク、サルバドール・ダリに次ぐシュールレアリスムの画家として不動の位置を得た。

一九七〇年代は宇宙科学の発展期であったが、映画『エイリアン』はそういう時代にあってアンチテーゼとして、何か忘れてはいませんかというふうに、人間の精神世界の闇に光をあててみせた。大ヒットというものはそういう時代の混沌が生み出すもののようだ。

映像の魔術師 フェデリコ・フェリーニ

フェデリコ・フェリーニの映画は「祭り」の再現であり、サーカスの再発見であり、道化の復権である。それはフェリーニ自身が『8½』のラストシーンで言っている。「人生は祭りだ。さあ、生きよう」。答えはこれにつきるだろう。がしかし、映像の魔術師でありつづけるために、映画作りの狂乱をまず作り出さなければならない。そのエネルギーたるや想像を絶するものがある。なにしろ、フェリーニが新しい映画を撮るとなると、五千人が応募してくる。フェリーニの映画は製作段階からしてすでに「祭り」が始まっているのだ。

フェリーニは子供の頃、サーカスが大好きだった。サーカスが街から去るとなると、フェリーニ少年はそれを追いかけていき家路につくことを忘れるほどだった。これはフェリーニ自身の言葉だが、それがまったくの嘘であることを今やフェリーニ研究家の多くが明らかにしている。しかし言葉は嘘だったかもしれないが、その気持ちは本当であろう。フェリーニは事実、異形の人々（松葉杖をついた人や車椅子に乗った傷痍軍人など）に強い関心を抱いた。もちろん人を笑わせ嘲笑される人類最古の芸術家である道化師たちも大好きだった。

フェリーニは嘘つきである。「厳密に言うと、私は一九二〇年一月二十日、リミニ市のあたりを走行中の一等列車の客室で生まれた」と大まじめに語り、それは新聞記事にまでなった。伝記作者がのちに調べてみると、ちょうどその日、「鉄道はストで列車は走っていなかった」。嘘がばれても、英雄には神話が必要なんだと澄ましたものだった。

フェリーニは作品のインスピレーションはほとんど「夢」から受けると言う。毎日見る「夢」の記憶を書き付けたノートは膨大な量になるという。しかし、これも本当か嘘かはわからない。フェリーニのみが知るのだ。フェリーニはただ「私の映画は『夢』だ」と言いたいだけなのかもしれない。

そしてもう一つ。フェリーニ映画のほとんどは小説的自叙伝映画であるが、展開されるエピソードがウソかホントかはさだかでない。そんなことはどうでもいいのだ。人生そのものがウソかホントか訳がわからないのだから。

フェリーニは小難しい本を読んだりしない。カフカよりマンガ本であり、カミュやサルトルよりエロ雑誌である。

さて、「祭り」と言えばまず非日常である。ハレの日である。夢である。祭りの象徴と言えば山車であり、山車に乗った女神がいなくては人が集まらない。フェリーニは当然、山車を出してみせる。『8½』では火星行きの宇宙船が発進する発射台に見立てた巨大な塔であり、『フェリーニのローマ』では歴史建造物群がそうであり、夜のローマを爆走するオートバイの群れがそうかもしれない。そして『甘い生活』（一九六〇年）では巨乳のアニタ・エクバーグだ。これこそ祭りの化身だ。山車のまわりに人が集まる。大勢の人が集まれば無礼講となる。お祭り騒ぎであり空騒ぎであり乱痴気騒ぎである。酒があり歌があり踊りがある。むろん喧嘩もある。暇をもてあました上流階級の紳士淑女は夜毎の乱交パーティだ。猥雑とグロテスクとナンセンス、頽廃と不埒と不良と不品行が氾濫し深刻面した現実ははるかな遠くにある。

フェリーニ全作品の中での最高傑作と言えば文句なしに『甘い生活』だが、この作品ほど世界中を騒がせたものもまたない。映画がそのまま「祭り」になってしまった最大の例であろう。ストーリーらしいものはないのだが、まず始まりのキリスト像を宙吊りにしてヘリコプターで運ぶシーンからして衝撃的である。反キリスト教的であり、しかも厳かに運ぶわけでもなく、新聞記者のマルチェロは空中からビルの屋上で日光浴している水着の女の子に電話番号を教えろと話しかける。ヘリコプターの騒音で話は通じない。このシーンだけで人間同士の疎外感、言葉の断絶、都会人の孤独などが鮮やかにスケッチされる。ラストシーンも言葉の断絶で終わる。

話はゴシップ新聞記者マルチェロが引っ張っていく。ローマの上流階級や芸能人が出入りする高級クラブやカフェ。マルチェロは上流階級でも芸能人でもないが、そのおこぼれにあずかって彼らとの交遊を楽しんでいる。そこにアメリカからセクシー女優シルヴィア（A・エクバーグ）がローマにやって来た。シルヴィアに気に入られたマルチェロは彼女とともにカラカラ浴場遺跡のクラブで飲み明かし、トレヴィの泉に一緒に入ったり楽しい夜を過ごす。やがて映画は、一九五〇年代後半から物欲に駆り立てられ、道徳をかなぐり捨てて快楽に走るイタリア人を容赦なく描いていく。半ば人生崩壊に近い状況のマルチェロもまた当時のイタリア人そのままだった。むろんフェリーニその人もだ。

『甘い生活』が封切りされた一九六〇年は世界中がこの映画の毒気に当てられたというか、とにかく大騒ぎだった。まずイタリアの上流階級の連中が猛反発した。「あんな乱交パーティはけしからん」「みっともない」「まるで異教徒の祭りだ」……。だがフェリーニは「みんな自分たちの姿が鏡に映しだされたものだから、七転八倒したのさ」と笑いとばす。バチカンの教会保守派は「冒瀆的、ポルノ的、非イタリア的で知性に欠ける。淫ら、おぞましい」と非難して上映中止を要求した。この映画を見たカトリック信徒は地獄に堕《お》ちるとまで言う。しかしカンヌはこの映画にパルムドール賞を与え、アメリカでも大ヒットした。

「世界は何でできているか考えたことある？ 表面は大抵ウソ。だけど中はホント。歴史はみんなウソ。あした来る鬼だけが、ホント！」。まるでフェリーニの言葉のようだけれどこれ、見せ物小屋の復権を旗印に実験劇場「天井桟敷」を立ち上げた寺山修司『毛皮のマリー』（一九六七年）の台詞。彼もフェリーニが好きだったことを今ふと思い出す。

西洋と和の調和と合体

TMIガラコンサートの熱度

二〇一九年十月三日、夢のようなコンサートが開催された。

大友直人指揮、東京ニューシティ管弦楽団の演奏で、ワーグナーの楽劇『ニュルンベルクのマイスタージンガー』第一幕への前奏曲で幕を開け、つづいてモーツァルトの歌劇『フィガロの結婚』序曲。そこへ千住真理子のヴァイオリン独奏を迎えて『ツィゴイネルワイゼン』。さらには盲目の天才ピアニスト辻井伸行が登場して、ラフマニノフの『ピアノ協奏曲第二番』の第三楽章を弾く。で今度は二人のオペラ歌手、小林沙羅《こばやしさら》（ソプラノ）、錦織健《にしきおりけん》（テノール）がヴェルディの歌劇『椿姫』より『乾杯の歌』を歌って盛り上げる。そこで、今回のコンサートのメインテーマであるTMIの歴史をつづった映像を背景にして千住明作曲の管弦楽組曲『あの日から』が千住真理子のV独奏を加えて演奏され、いよいよTMI社歌『いざ生きめやも』（なかにし礼作詩・千住明作曲）のお披露目となる。これには小林沙羅、錦織健の独唱と千住ラボ合唱団40人が参加する。

第二部はがらりと変わって「和」の味わい。大倉正之助《おおくらしょうのすけ》の『富士の朝焼け』大鼓《おおつづみ》独奏のあと、勧世流能楽師・梅若紀彰《きしょう》をシテ（翁）として能の筆頭祝言《しゅうげん》曲『高砂』が荘厳に始まる。笛の松田弘之、大鼓の大倉など錚々たる四人の囃子《はやし》方に六人の地謡《じうたい》が加わる。終わって、林英哲《はやしえいてつ》の太鼓独奏『宴』、そして山下洋輔のピアノと林の太鼓によるラヴェル作曲『ボレロ』が演奏され全幕終了となる。司会は徳光和夫と大下容子。

こんな贅沢この上ないプログラムのコンサートが『TMI創立30周年記念ガラコンサート』と銘打ってサントリーホールで催されたのである。主催者はTMI総合法律事務所であり、そのプロデュース及び構成・演出を担当したのが不肖わたくしめであります。

法律事務所というのは文字通り弁護士および弁理士の集合体であるが、一九九〇年にTMIという頭文字をもつ四人の弁護士と弁理士が「どこにもない法律事務所を作ろう」という意思のもとに始めた事務所が、今や千人になんなんとする大きな法律事務所にまで発展した。一人一人が独立した事業主とも言える弁護士、弁理士が人間同士の信頼関係というその一事によって集まり、思想、信条を理解しあい、互いに生きる喜びを感じ、固い絆の仲間となり、そして当然のことながら世の信頼を勝ち取り、日に日に拡大して今日に至ったということは類い稀な出来事ではないか。

代表の田中克郎氏とは二十年来の友人であり、私はクライアントというほどの問題をお願いしたことはないが、なぜか気が合い、親しいお付き合いをさせていただいている。昨年、その田中氏が言った。

「創立30周年記念に何かイベントをやりたい。そこでクライアントのみなさんや関係者のみなさんにお礼と感謝の気持ちを申し上げたい。ただし、どこにもないような周年記念イベントをやりたいんだが、礼さん、何か力貸してくださいよ。実は来年の十月三日、サントリーホールを押さえてあるんですよ」

私は考えた。ＴＭＩは現在でも世界の各地に拠点をおいて活動しているが、将来はさらに発展していくことだろう。その発展は世界の平和と繁栄に貢献するものでなくてはならない。そこで私は、ＴＭＩの明確な意思を発信するようなコンサートにしたいと考えた。それは古くからある日本芸術と西洋音楽との調和と合体をテーマにすることが必須最善と考えた。「そんなコンサートをやらせて頂けるなら、お引き受けしましょう」となった。するとと重ねて、「礼さん、ＴＭＩの社歌を書いてくれませんか」「法律事務所が社歌？」――私は不得要領な顔をしたに違いない。「今や千人という規模になった集団の心が一つになるような、シンボルとしての歌を作っていただきたい」。これもまた難題であった。「うーん！」。私はうなりつつも引き受けた。

私は大急ぎで、日頃から敬愛してやまない芸術家たちに連絡を取り、快諾を得た。こんなメンバーが、ある一夕、一堂に会して競演するなんてことが本当にあるのだろうか。快諾を受けたあとも私の嬉しい興奮はつづいた。

二〇一九年の四月、ＴＭＩに行ってみると、会議室のテーブルの上に『サンデー毎日』最新号があり、見ると私が令和を迎えるに当たって書いた『新しい時代の人々へ』の部分が広げられてある。開口一番、田中氏が言う。「礼さん、この詩は素晴らしい。私が社歌に求めるものはこの精神と哲学です。これをこのまま社歌にしてください。この『いざ生きめやも』の詩にＴＭＩと付けてくれたら、もうそれでいいですよ」

私はこの唐突な発言に驚くと同時に非常な喜びを感じた。こんなにも強く共感してくれる人がここにいたという実感である。

当日、客席数二〇〇六のサントリーホール大ホールは弾けんばかりに満杯になった。そしてマエストロ大友直人指揮のもとオーケストラは伸び伸びと演奏し、千住真理子は最初のヴァイオリンのひと弓で会場の雰囲気をがらりと変えた。辻井伸行の神がかった演奏には聴衆の全員が驚嘆した。

二部に入ってからの和の芸術も素晴らしいものだった。大倉正之助の大鼓の独奏や、能『高砂』の幽玄なる美しさと生命と愛の力強さはホール全体を完全制覇した観があった。さすが奈良時代から続く日本芸能の底力である。林英哲の太鼓独奏も力みなぎる美しいものだった。そして最後の山下洋輔（ピアノ）と林英哲（太鼓多種）による『ボレロ』は、まさに西洋と東洋、さらにピアノが招き入れるアラブ・アフリカ的な香りの調和と合体を象徴する圧倒的な演奏だった。

私が作詩した『ＴＭＩ社歌』（千住明作曲）は、こんな豪華なコンサートの中で披露されたのだが、たぶんこのガラコンサートの熱度に負けることなく、世界への愛と平和と叡智の勝利を高らかに歌いあげたと信じたい。

『バスキア展』を観る

才能は時代の壁を突き抜ける

森アーツセンターギャラリーで『バスキア展　メイド・イン・ジャパン』を観てきた。週末でもないのに当日券売り場は長蛇の列で、いつからバスキア（一九六〇－八八）は日本でこんなに愛されるようになったのかと不思議だった。かく言う私がバスキアの名前に触れたのは一九九〇年代で、ストリート・グラフィティをやっていた黒人の若者がたちまちメジャーな画家として有名になり、しかも二十七歳で死んだという話を何かの雑誌で読んだのが最初だった。

その時、記事と一緒に載っていた絵はまさにグラフィティ（落書き）で、さほどの感銘も受けなかった。そんなラフな印象がまだ頭に残っている頃、九七年に日本公開された映画『バスキア』の映像の中で、バスキアの作品をかいま見て私のバスキア観は少し変わった。いや、これはひょっとしたら本物かもしれないぞ、と。この映画は若き日、バスキアと画家同士として交流があり、ほぼ同じ時期に新表現主義の画家として世に認められたジュリアン・シュナーベルが映画監督の道に進んでの第一作ということもあって、そこには夭折した天才への惜しみない哀悼の気持ちが籠もっていて深い感動を覚えた。この映画のシナリオはシュナーベルも共同執筆しているが、「なぜ君はそんなに荒々しく人間の顔を描くのだ？」と訊かれたバスキアが「人間がみな荒々しいからさ」と答えるシーンなんかは、生身の時間をともに過ごした者にしか書けないだろう。映画は路上生活をしていたバスキアが朝、ダンボールの中から起きだしてくるところから始まるが、バスキアの若い日の生活の詳細についてはほとんど語ってくれない。映画はバスキアとアンディ・ウォーホルの出会いと別れに焦点を合わせ、他のことはあまり語らない。

バスキアは二十三歳の時、偶然街で見掛けたアンディ・ウォーホルに自分の手描きのポストカードを見せる。子供がなぐり描きをしたような作品を「無知の絵」だと言って売りつける。ウォーホル（一九二八－八七）といえば、アメリカは言うにおよばず世界のポップアートの旗手である。あらゆるジャンルの垣根を越えて活躍するマルチ・アーティストとしてのいわば王的存在でもあった。しかし、シューマンがブラームスの天才に快哉を叫んだように、ヴェルレーヌがランボーの天才に驚嘆したように、またコクトーがラディゲの天才を見抜いたように、ウォーホルは一瞬にしてバスキアの天才を看破してしまうのだ。二人は急激に仲良しになり、共同作品を制作するまでになる。二人が交流していた四、五年間で一千点の作品を制作した。

ウォーホルという特別なパスポートを手にし、バスキアの人生に初めて光が差し込む。一気に道が開かれる。黒人の画家として、白人セレブたちに囲まれる生活が始まる。むろん居心地のいい訳がない。バスキアの孤独は一層深まっていくのだが、バスキアを真に理解し、リスペクトし、優しさをもって包み込んでくれたのはこの世にただ一人ウォーホルだけだった。が、その王のごときウォーホルがなんの前触れもなく心臓発作で死んでしまう。バスキアの嘆きは深い。立ち直れないほどだ。バスキアはヘロインに溺れ、絵を描く気力も失い、ウォーホルのあとを追うようにして翌年、薬物の過剰摂取で夭折する。

私はその後バスキアに興味を持つようになったが、それは当然ウォーホルが認めた才能を確認するかのような作業だった。

バスキアは八歳の時、自動車にはねられ大怪我をし、脾臓を摘出された。そのすぐ後に両親が離婚した。十八歳で高校を退学して、キャナル・ストリートのロフトに寝泊まりしたり、路上で生活していた。高校時代の友人のアル・ディアスとともに「ＳＡＭＯ《セイモ》©」の名前でグラフィティ活動を開始した。夜を徹して電車の車体にスプレー・ペインティングをしたり、街のいたるところに秀逸なグラフィティを描き残し「ＳＡＭＯ©」が人々の注目を引き始める。すると突然「ＳＡＭＯ©」を終わらせ、金を稼ぐために、単独で手描きのポストカードやＴシャツを販売し始める。バスキアはクラリネットとシンセサイザーが得意で、「グレイ」という名のバンドを結成して、夜のクラブなんかで演奏していた。その頃、のちに巨大なカリスマになるマドンナ（一九五八－）とつきあったりした。二十歳の時、タイムズ・スクエアの空きビルで開催されたグループ展「タイムズ・スクエア・ショウ」で初めて自分の作品を公開した。この頃になると、バスキアに画商たちが次々とつきまとうようになり、様々なグループ展に出品し、名声も得、にわかに金も入り始める。二十二歳の時にはソーホー地区に家とアトリエを持つまでになる。が、バスキアは画商たちのアイドルで終わってはいけないと考え始める。

バスキアが真の芸術家になりたいと思い始めたその時期に、幸運にもウォーホルに遭遇する。ウォーホルがどんな指導をしたかは分からないが、バスキアは日一日と紛れもない芸術家へと変貌を遂げていく。

私はバスキアの、絵画的モチーフを囲んでアルファベットの大文字で書かれた暗号のような言葉がびっしりと並んでいる画面を見るたび、レオナルド・ダ・ヴィンチの『手稿』を連想する。

「ほとんどの若い王は首をはねられる」。人はバスキアは詩人であると、その言葉の介入を重視するが、バスキアがビバップを愛するジャズマンだったことを忘れてはいけない。言葉はまるでアドリブのように即興的であり神出鬼没だ。

私の好きなバスキアの言葉（『バスキアイズムズ』より）。

「ぼくは『黒』を主役として扱う。それはぼくが黒人だから」

「最終的には世界のために描いているんだ。いい作品を作ればそれだけで復讐になる」

「世界の至宝、それは芸術、芸術は永続する。芸術は人より永くここにありつづける」

青を背景にした黒い大きな顔の荒々しい自画像（無題）を前にして、しばし動けない。

III 抵抗のための光芒

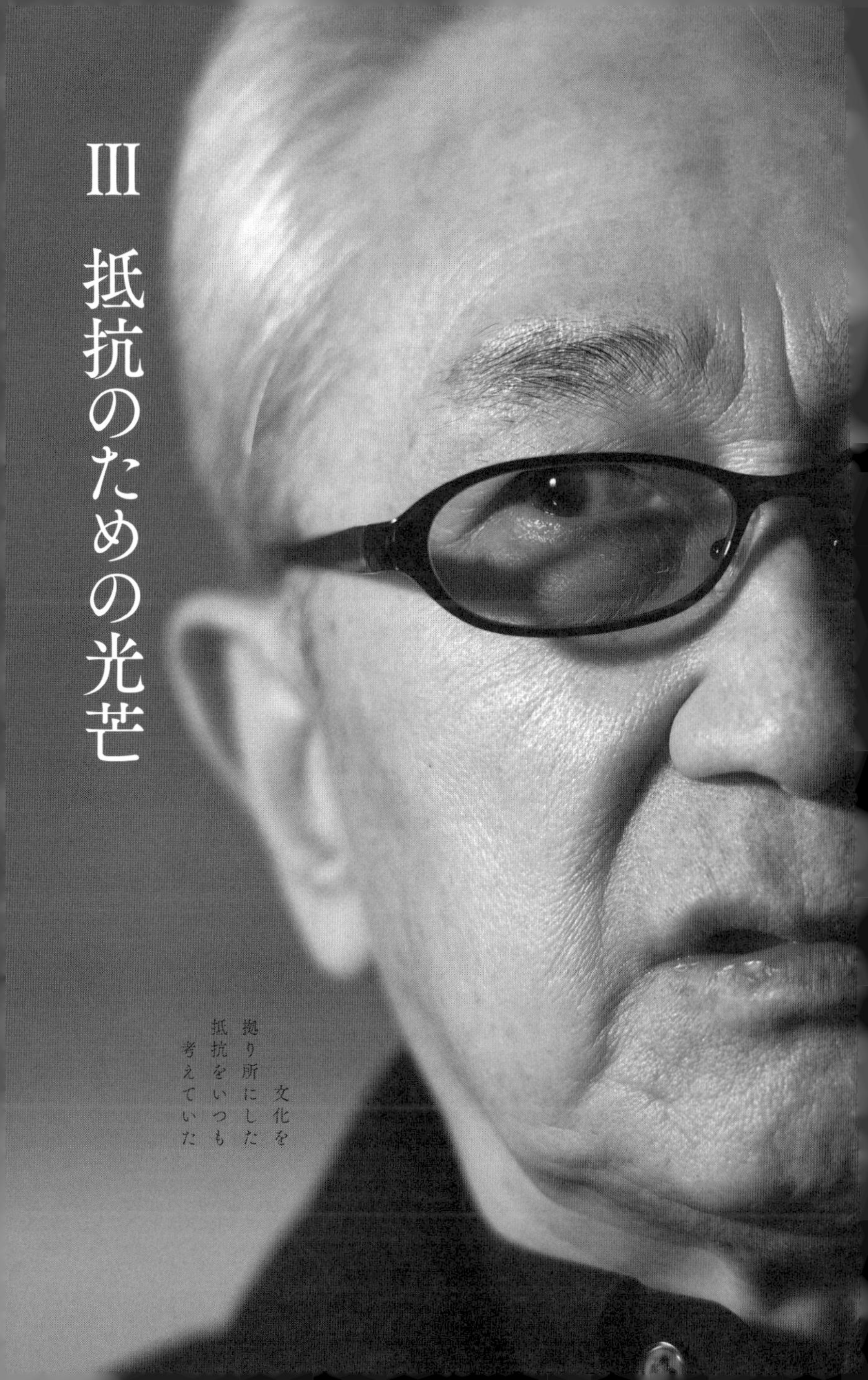

文化を
拠り所にした
抵抗をいつも
考えていた

時の移ろいの中で

私の七十代は、がんに二度も見舞われ、まことに慌ただしいものだった。しかしなんとかこの九月二日の誕生日に八十歳になることができた。もともと病弱なわが身を思えばまさに僥倖とも言うべき出来事で、私は自分が傘寿を迎えたことを戸惑いつつも喜んでいる。そしてこの日、私にとってなんとも嬉しいというか、人生のめぐり逢いの妙というか、いわく言いがたいことがあった。

内輪の話で恐縮だが、うちの長男は一度結婚したが、一年ほどで別れ、今は一人の生活を楽しんでいるらしく次の結婚の予定はない。娘は二十五歳でフランス人作家と結婚し、二十九歳で女の子を産んだ。女の子は当然ハーフで、ブリティッシュスクールに通い、目下新三年生の七歳である。その七歳の娘が私に誕生日祝いの手紙をくれた。それがなんと四カ国語である。じじバカ承知で書き写す。

日本ゴ＝パピーおたん生日おめでとう、かぜひかないようにね、大すきよ。（フランスでは祖父をパピーと呼ぶ）

English=Happy Birthday Papy. Try not to get sick. I love ♡ you, Big hug and kisses.

Francais=Joyeux Anniversaire Papy. Reste en bonne Santé. Je t'aime gros bisous.

Chinese= 生日快楽、我愛你。身体健全。=shen ti jian kang

孫娘は、日常生活のうち母との会話は日本語と英語、父との会話はフランス語と英語、学校での授業と会話はイギリス英語である。そして友達に中国人がいるので中国語も勉強している。いろんな国の子供たちと自然に友達となって、多言語を自在に使い、のびのびと生活している。日本もこういう時代を迎えるようになったという感慨もさることながら、まことに羨ましいかぎりだ。

その孫娘を眺めながらふと思う。そう言えば、七歳の頃の私はなにをしていたんだっけ。私は自分の七歳の頃を思い出そうとする。しかし七歳の私がこの目で見たものに思い出という言葉は不似合いである。それはトラウマよりももっと強烈な衝撃のまま、私の瞼の底に、いや魂の奥底に鮮明に焼き付けられている。

それは昭和二十年八月十一日の午前十時のことだった。

空は真っ青に晴れ上がり、雲一つとしてなかった。

私は一人庭で遊んでいた。門の近くにしゃがみこんで、ローセキで『のらくろ上等兵』の顔を描いていた。

まだ昇りきらない太陽の光は肌にやさしかった。さわやかな夏の朝だった。

静かだった。

その静けさの中に、突如、飛行機の爆音のような音が聞こえてきた。耳を澄ますと、いまだかつて聞いたことのない、底なりのする、轟々《ごうごう》たる音の塊であった。私はふりかえった。

見ると、飛行機が、プロペラの四つついた爆撃機が、もう数えきれないほど無数に、しかもきちんと編隊を組んで、北の空からこちらへ向かってやってくる。飛行機に日の丸はついていない。

敵機だ！

背中に悪寒が走り、恐怖で足がすくんで動けなかった。

飛行機は真っ青な空を背景にキラキラと銀色に輝いていた。翼がきらめき、胴体が光った。まるで、ガラスの破片のようであった。昼間の星のようであった。息をのむような美しさだった。私はよだれを流さんばかりにぼんやりと、まぶしい夏の空を見上げていた。

爆音はものすごかった。立っている大地までもが震えあがるような轟音であった。

耳はもう何も聞こえなかった。それはほとんど静寂に似ていた。

やがて飛行機の大群は一羽の巨大な鷲のように翼を広げて、私の上に覆いかぶさって来た。あれ？　あれが爆弾なのかな？

飛行機の胴体の下の部分の窓のようなものが左右に開くと、中から一つ二つ三つと鹿のフンのような黒いものが落ちて来る。私に向かって落下して来る。

鹿のフンは目の前に迫ってきて、はっきりと爆弾だとわかる形を見せて、尾翼をゆっくりと旋回させながら、私の上を通り、飛行機の進行方向に向かって流れていった。

逃げなきゃ、と思ったが、足が動かなかった。その瞬間、耳をつんざくような大音響。

私はあわてて耳をおさえたが、その格好のまま玄関のあたりまで爆風で吹き飛ばされた。

わが家の道路一本へだてた向かい側にある、陸軍の兵舎を狙って爆弾は落とされたのだ。私は恐る恐る目をあけて見た。道の向こうには真っ赤な火柱が立ち、黒煙がもうもうと舞い上がっていた。

私は家のなかに転がりこみ、母の腕の中に飛びこんだ。

その日の夜、私たち家族は軍用列車に乗せてもらって牡丹江を脱出した。ソ連軍機の機銃掃射の弾丸が私の頭をかすめていった。頭を撃ち抜かれて兵士が目の前で死んだ。赤黒い血がドロドロと流れた。私たちの列車に乗せてくれとせがむ開拓団の人たちの、列車にすがりつく指を一本一本、私のこの指がはがしていった。見殺しにも似た行為を私はした。ハルビンのホテルではソ連兵の通訳の撃ったピストルの弾が私の右耳をかすめていき、背後のガラス窓を割った。避難民収容所で私は七歳になった。離れ離れになっていた父と再会したものの、父はソ連軍の重労働に駆り出され、あえなく死んでしまった。

人の死をいやというほど見た。人間の底意地の悪さ、愚かしさ、浅ましさ、おぞましさもたっぷりと見た。と同時に、自分のおぞましさ愚かしさに怖気をふるった。

七歳の私はすでにして人間に絶望していた。

もし、わが孫娘にあの場面が襲ってきたら、どうするだろうと思うだに気が滅入る。

戦争をしたがり、平和ぼけをさげすむ人のいることは知っている。しかし、その間違いに気づいた時はもう遅いのだ。そのことだけは肝に銘じてほしい。

敗戦国の皇太子　平成の天皇の抵抗

平成の終わりを惜しむかのようにして制作されたＮＨＫワールド プレミアム「天皇運命の物語」第１話「敗戦国の皇太子」と第２話「いつもふたりで」（二〇一八年十二月二十三日、二十四日放送）を感慨深く観た。

第一話。平成の天皇は、昭和八（一九三三）年、現人神昭和天皇の皇太子、つまり神の子として生まれ、三歳にして親許を離れ、東宮御所にて侍従たちに囲まれて帝王学を学ばされた。学習院初等科では授業中も背後に侍従が控えていて、ちょっと姿勢が悪いと、ぴしっと膝をたたかれるという厳しいものだ。皇太子は「自分は戦争しか知らずに育った」と述懐する。しかしその戦争は日本の無残な敗北で終わる。疎開先から帰ってきた皇太子は、一面の焼け野原と化した東京を見て呆然とする。

戦後「西洋の思想と習慣を学ぶ」という理由でアメリカから児童文学者のヴァイニング夫人を招いて教育を受けるのだが、その時の様子が面白い。

「この教室では、あなたの名前はジミーです」とヴァイニング夫人は平等の感覚を教えようとする。すると皇太子は「私はプリンスです」と答える。「将来、あなたはなにになりたいか？」との質問には「私は天皇になるのです」と英語で答えている。つまり、皇太子は宮廷とその周囲という狭い世界でしか生きていなかったのである。

昭和二十七（一九五二）年に立太子の礼を終えた皇太子は、昭和二十八年から約半年間、天皇の名代としてヨーロッパ十二カ国、アメリカ各地、カナダを訪れ、イギリスではエリザベス二世の戴冠式に参列する。

この外遊が皇太子に与えた影響は計り知れない。サンフランシスコ平和条約のもと、日本は世界の仲間入りをしたが、まだまだ復興にはいたっていない。一方、旅先で目にする外国の景色はなんと繁栄と豊かさに満ちていたことであろう。この旅行で皇太子は「平和」にたいする恋にも似た強い憧れを抱くようになったと言っていいだろう。

この番組を観ながら私は加藤周一氏の文章を思い出していた。

「九条の会」の呼びかけ人であり、医学博士にして高名な評論家である加藤周一（一九一九－二〇〇八）が「天皇制を論ず」という意見を東大の『大学新聞』に発表したのは昭和二十一年三月のことである。要約してみると、

「天皇制はやめなければならない。理由は簡単である。天皇制は戦争の原因であったし、又戦争の原因となるかもしれないからである」

「日本の独占資本が市場を得るために、帝国主義者を扇動し、軍閥を養成して、侵略戦争を計画した」

「日本的とは封建的と云うことである。封建的勢力は上からの革命を行うことによって下からの革命を弾圧し、資本主義社会の民主主義化を永久に妨げる。この封建主義的性格とそれに由来する軍国主義的傾向こそは、日本資本主義の好戦的二大特徴に他ならない。こ

れらを強固に保存するためには天皇制が必要なのである」

「ああ天皇制よ、如何に多くの喜劇が汝の名に依って演じられたことであろう」

「世襲制も不合理だが、権利があって義務がないと云う存在そのものが不合理である」

「天皇制がなかったら歴史の歪曲もない」

「私は結論する。天皇制はやめなければならない。しかも出来るだけ速やかにやめなければならない。武器よ、天皇制よ、人民の一切の敵よ、さらば！」

私がその文章に触れたのは発表から十年後の大学生の頃であったが、この勇気ある発言に感動し、一も二もなく賛成した記憶がある。

ところが「天皇　運命の物語」の第2話「いつもふたりで」は、まるで加藤周一氏の文章に応えるかのような物語になっている。

昭和三十四（一九五九）年、民間人である正田美智子さんを未来の皇后として選んだ時から、皇太子は口には出さぬけれど、自分たちふたりが「平和の使徒」になることを誓ったようだ。

私たちはまず、今ある平和憲法を誰よりも率先して尊重し順守する。

私たちは国家や権力者が画策する戦争のメカニズムに組み込まれないために懸命の努力をする。

私たちは歴史を決して歪曲しない。そして戦争の責任から逃れようともしない。父、昭和天皇がかなわなかった、戦禍の及んだ国や地域に対しての鎮魂と慰霊の旅を命あるかぎりつづける。これには贖罪の意味のあることは明瞭である。

皇太子時代に沖縄のひめゆりの塔に献花をすべく訪問した時、沖縄解放同盟のメンバーらから火炎瓶を投げつけられたが、それでも「沖縄戦における県民の傷跡を深く省み、平和への願いを未来につなぐ」と言って、その後十回も訪問されている。この意思の固さはまさに命懸けと言っていいだろう。

広島、長崎はもとより、サイパンへの慰霊の旅もおこなった。サイパンのあの青い海に向かって深々と頭を下げる平成の天皇、皇后両陛下の姿にはおふたりの真情があふれている。

被災地を慰問する時、被災者と同じく膝をついてお話をされることに、反対する伝統主義者もまだいるというから日本病の宿痾《しゅくあ》は深い。それでもおふたりはひるむことがなかった。国民統合の象徴天皇とはいかにあるべきか、歴史上初めての試練を平成の天皇は真剣に考えぬき、譲位を決められた。一方、政府はアメリカ追従を一層強め、アメリカとともに戦争のできる国へと日本を変えようと躍起である。そのためには憲法さえもないがしろにする。そんな政府のいらだちを無視するかのように、「平成が戦争のない時代として終わろうとしていることに、心から安堵しています」と必死にブレーキを踏む天皇。加藤周一氏がもし存命だったら『天皇論』に多少の変更を加えたかもしれない。

マルクスとエンゲルス

若き革命家の肖像

映画『マルクス・エンゲルス』（ラウル・ペック監督、独・仏・ベルギー合作、二〇一七年）を観た。マルクスとエンゲルスの出会いと友情、若き二人のヨーロッパの思想界との格闘、そしてついに『共産党宣言』を書き上げるまでの話である。一八四〇年代のヨーロッパの街景色や風俗、衣裳、因習などが忠実に再現されている。照明や色調、撮影が見事だ。それだけに危険思想家が日々直面する苦難がわが事のように伝わってきて、手に汗にぎる展開になっている。セリフの一つ一つが非常に重要難解な思想劇であり、私は二度つづけて観てもなお理解のとどかないところがあるが、天才同士の運命的出会いの摩訶不思議に打たれて興味のつきることがない。

カール・マルクス（一八一八‐八三）はドイツ・プロイセン王国にユダヤ教世襲ラビ兼弁護士の第三子として生まれる。兄と姉がいたが、兄が夭折したため実質的には長男として育った。父はプロテスタントに改宗したが、同じくユダヤ人であった母は改宗せず、子供のマルクスをユダヤ教会の籍においた。長じてマルクスは当然無神論者になったが、ユダヤ人詩人ハインリッヒ・ハイネに熱中し、詩人になることを夢見ていたがその才能には恵まれなかった。一八三六年、四歳年上の貴族の娘イエニー・フォン・ヴェストファーレンと婚約した。自由主義的保守派のイエニーの父はユダヤ人弁護士の息子との結婚を許してくれた。二人は終生の伴侶となったが、マルクス夫婦は決してイエニーの実家から金銭的援助は受けなかった。ベルリン大学で哲学を学び、イエナ大学で哲学博士号を授与される。その間、父が亡くなった。

フリードリッヒ・エンゲルス（一八二〇－九五）はドイツ西部の繊維産業都市バルメンの紡績工場主の息子として生まれ、学業もそこそこに早くから家業の実習をさせられた。ベルリンで砲兵隊の訓練生となったが、かたわらベルリン大学で哲学の聴講生となり、哲学への関心を深めた。

一八四二年、ケルンでマルクスとエンゲルスは初めて会っている。マルクス二十四歳、エンゲルス二十二歳の時である。貧乏な哲学青年と金持ちの跡取り息子との最初の出会いは双方打ち解けないままに終わった。が、その後、マルクスはケルンの『ライン新聞』に参加。『独仏年誌』に「ヘーゲル法哲学批判序説」を書き、エンゲルスはマンチェスターでの実業経験で学んだことから『国民経済学批判大綱』を発表し、アイルランド女工メアリー・バーンズの協力のもとに『イギリスにおける労働者階級の状態』を執筆し、双方共に相手を認めるほどに成長していた。一八四四年、パリで再会した二人は一気に意気投合し、『聖家族』を共同執筆して青年ヘーゲル派の人間主義を批判した。二人はブリュッセルに移って近くに住み、『ドイツ・イデオロギー』を執筆し研究をつづけ、弁証法的唯物論の世界観を構築していく。「今までの哲学者は世界を解釈し歴史を解釈していただけだ。我々は違う。哲学の力で世界を変え歴史を変えるのだ」。これがその頃の二人の信念だった。時にマルクス二十七歳、エンゲルス二十五歳である。

フランス革命によってブルジョアは封建的所有を廃棄させ、ブルジョア的所有を拡大したが、産業革命の影響とアメリカという大市場の出現とともに、ますますその所有を肥大化させていた。このブルジョア的所有をいかにして廃棄させるか。ヨーロッパのプロレタリアートの組合はあちこちに出来、集合し、討論するのだが、闘い方そのものの方法が分からない。社会主義者たちは「人類はみな兄弟だ」「人間の絆は愛と優しさだ」とか「闘うか、さもなくば死か」などとロマンチックな夢物語の議論ばかりをつづけている。もう堪りかねたマルクスとエンゲルスは『正義者同盟』という数ある中でも一番活発な団体と接触し、その会員になった。

一八四七年、ロンドンで開かれた『同盟』第一回大会で、エンゲルスがマルクスの考えをもとに演説をすると大勢のものが賛同し、『正義者同盟』はその場で『共産主義者同盟』と名称を変えてしまった。この瞬間、今では普通となった労働者運動の道が拓かれたのである。そして二人は『共産主義者同盟』から正式に「理論的にして実践的な綱領」としての『宣言』の起草を委嘱された。そうして書き上げられたのが「ヨーロッパに幽霊が出る—共産主義という幽霊である」というあの有名な書き出しで始まる『共産党宣言』である。共産主義は決して幽霊などではない。れっきとした現実である、という証明のために書かれたのだ。

『共産党宣言』はちょうどパリ二月革命のあった一八四八年二月末、ロンドンで公刊された。第一章冒頭にある「今日までのあらゆる社会の歴史は、階級闘争の歴史である」という言葉に地球上の人間すべてが衝撃とともに目覚めた。そして最後の一行「万国のプロレタリア団結せよ！」によって世界中のプロレタリアが闘う意志をもって立ち上がった。以来、ヨーロッパには政治的混乱の時代がつづいた。が、一八八九年のパリ労働者大会で「八時間標準労働日の法的確立を目標とする」ことが採択された。その時、エンゲルスはしみじみと言う。「ああ、マルクスが私と並んで立つことができ、これを自分の眼で見ることができたら！」と。まさにこういう時代を目指して若い二人は闘うことを誓い合ったのだから、感慨も一入《ひとしお》であったろう。

マルクスは一八八三年にこの世を去っていた。マルクスが死んだ時、エンゲルスの言った言葉が美しい。「とにかく、人類は頭一つだけ低くなった。しかも、人類が持っている最も大事な頭一つだけ。……死んでもなお生きつづける友よ！　我々はあなたが示した道を、目的を達するまで歩むであろう」

それから百三十年余。世界は前進しているかもしれないが、戦後民主主義から脱却して、戦前回帰を夢見る日本は、むしろ後退していると言うべきだろう。

「影の総理」と呼ばれた男、野中広務の信念

菊池正史氏の近著『「影の総理」と呼ばれた男　野中広務 権力闘争の論理』（講談社現代新書）を大変興味深く読んだ。この本は野中広務（一九二五－二〇一八）という政治家の全貌をあますところなく描ききっているばかりでなく、彼が深く濃厚にかかわってきた自民党政治の権謀術数の裏表と本来の自民党の本流とはいかなるものであるべきなのかという日本の政治史の肝心な部分を明快に解き明かしてくれている。そしてなんといっても圧巻なのは、野中自身が「高い志」と呼ぶ信念を貫き最後まで一心不乱に孤軍奮闘した姿であろう。その「高い志」とは「日本を絶対に戦争をする国にさせない」というものだ。時代の変化や論理もなにもかも無視して、感情的と言われようと感傷的と言われようとかまわず、死の瞬間までその「高い志」を語りつづけた姿は感動的だ。

野中広務の原点はなんといっても戦争体験である。野中は終戦間近い一九四五年三月に召集され、本土決戦部隊に配属された。新兵としての訓練は過酷だ。朝七時に起床、練兵場に集合、重い背嚢《はいのう》を背負って一〇キロ以上も離れた金毘羅神社まで走らされる。倒れれば水をかけられ、蹴飛ばされ、訓練中にミスをおかせば整列させられ全員が殴られる。しかも日本軍は勝算もないままバンザイ突撃をやってアジアの各地で全滅している。それをまた各新聞が玉砕と言い換えて称賛する。十代の若者が特攻隊となって死んでいく。それをま

たマスコミは散華《さんげ》などと美化してみせる。

軍国教育を受けた野中広務も軍国青年であった。しかし天皇陛下のために潔く死ぬことが国民の義務どころか念願にまでなっていくこと、人間から自由を奪い、思考を奪い、尊厳を奪い、人間を死にゆく機械に変えてしまう根拠もない精神主義、その現場に身をおいてみて、国民を一色に染め上げていく国家、また染め上げられていく国民に恐怖を抱いた。あげくの果てに滅亡に突き進んでいく戦争という愚行を野中は心底異常だと思った。

敗戦直後の一九四五年八月十七日、高知県桂浜に立つ坂本龍馬の銅像の前で、野中ら兵士五名は「潔く死のう」と手榴弾を手に今にも自決しようとしていた。そこに「貴様ら！何をしとるか！」。馬に乗って駆けつけた上官の大西清美少尉が怒鳴った。大西は野中らを殴りつけ、そして言った。

「お前たち、死ぬほどの勇気があるならば、こんな間違った戦争を始めた東條英機がまだ東京におるから、その東條を殺してこい。それから死んだって遅くない。それで命長らえたら、この国のために働け！」

この言葉で野中広務は死なずにすんだ。そしてこの戦争で亡くなった三〇〇万同胞のためにもこの命を一生懸命に生きようと心に誓った。

野中の政治生活は、一九五一年、故郷の京都府船井郡園部町の町議会議員から始まる。そして町議会副議長を経て議長に。次に園部町長を二期つとめ、京都府町村会会長、全国町村会副会長と上り、京都府議会議員を三期つとめて京都府副知事を一期。

一九八三年、衆議院議員となる。国政進出は五十七歳と遅かった。しかしその辣腕は誰もが認めるものとなり、十五年後の一九九八年には小渕恵三内閣の官房長官となっていた。

このあたりから始まる小沢一郎との反目は単なる政治闘争ではない。後継総裁候補の三人を竹下派の派閥事務所に呼び付けて面接した小沢一郎の傲慢さと権力主義に対する反発であった。戦後の民主主義を守りつづけてきた自民党「本流」の政治は憲法順守であり、平和主義であり、民意の尊重であり、調整を重視して結論を出すという寛容と忍耐の和の政治であった。なぜならエリートを自称するものたちの判断は時に間違う。その証拠がさきの敗戦である。

そういう教訓があるというのに「戦後体制からの脱却」と称して憲法改正とか自主独立などを言い出したのが岸信介から中曽根康弘につづくいわゆるエリート出身の「傍流」である。まぎれもなく平和主義であった田中角栄の下から頭角を現したのに、安保認識においては「傍流」の流れを汲む小沢一郎は小沢調査会なるものを作り、「積極的・能動的平和主義」という理屈をつけて「PKO協力法」を成立させ、自衛隊の海外派遣を法制化した。金丸信副総裁が辞任に追い込まれた時、小沢一郎はクーデター的な行動を起こして竹下派の派閥会長を狙った。この日から、野中広務は小沢を悪魔と呼び、小沢糾弾の先陣を切るようになった。

その後の社会党との連立によっての与党への返り咲きや公明党との連立による安定政権の樹立は野中広務の辣腕が大きくものを言ったことは確かだ。しかし、それらの行動の真意は「高い志」であり、高い志とは「戦争は絶対に許さない」という信念である。「日本という国が今、戦争をしたがる国に変わりつつある。日本は負けた国なのです。とにかく東アジアに残った戦争の傷跡、日本にも残った傷跡を修復して初めて日本は世界に胸はる国と言えるのであります。私もまだまだ自分の命と引き換えにして、日本の将来の子供たちに、再び戦争の惨禍が及ばないための努力を、命をかけて、やってまいりたい」

これが晩年の言葉だった。また安倍政権の沖縄政策については「県民の痛みが分からない政治だ。本当に悔しい。死んでも死にきれない」と嘆いた。

「政界の狙撃手」とか「影の総理」とまで呼ばれて恐れられたが、すべては「反戦と平和」のための根回しであり談合であり権謀術数であった。しかし「反戦と平和」を守るための権謀術数が図らずも、結果として小泉政権から安倍政権に至る自民党傍流の独裁的政治に力を与えてしまったと著者は言う。まことに政治力学とは皮肉なものだ。「戦争を知らない人間は、半分は子供である」（大岡昇平『野火』）。その「半分子供」たちが勇ましく虚勢を張っている政治状況の今こそ、「日本は負けた国だ」という野中の言葉に素直に耳を傾けるべき時だろう。

辺見庸『1★9★3★7』、堀田善衞、そして村上春樹「猫を棄てる──」

辺見庸の『増補版 1★9★3★7《イクミナ》』（河出書房新社）を一気に読んだ。辺見（一九四四─）は共同通信社の外信部次長を務めていた頃『自動起床装置』で芥川賞を受賞した。辺見は、人々が呻吟《しんぎん》する社会の最底辺や原発事故に汚染された地域に住みつづけて、生きるために汚染された食物を食べることを余儀なくされている人々などを描いた『もの食う人びと』で講談社ノンフィクション賞を受けている。

その後、共同通信社を退社して本格的に作家生活に入り、人間性が奪われる時代に抵抗する執筆活動をつづけている。『1★9★3★7』はその流れの中で書いた重厚な一冊である。今回、辺見が取り上げたのは先の戦争であり、中でも最も忘れてはならない、日本人の根本に関わる一大悪事としての南京大虐殺である。

辺見は言う。私はかつてなされた戦争のその細部について語ろうとしているが、それは「今」と「未来」を考えるためだ。そのためにはニッポンという独特の心性が埋まっている湿った「墓」はすべからくあばかれたほうがよいと思う。

「墓」とはなにか。細かい網の目状の管理と「おもいやり」と自己規制と相互監視と無関心に裏打ちされた、壮大な沈黙と忘却である。このメカニズムは戦争に負けてもなお無傷に生き残り、表面は尋常を装いながらも、まったく尋常ならざる現在と未来を形づくっていこうとしているからである。だから、今こそ記憶の「墓」はあばかれなければならない。なぜ「1★9★3★7」か。それは私たちの祖父や父たちがおびただしい数の人々を、じつにさまざまなやり方で殺し、強姦し、掠奪《りゃくだつ》し徹底的に侮辱し、人間の想像力の限界が試されるような国家規模の大乱痴気パーティという狂宴を、中国で何はばかることなくやらかし、「内地」でも国民はそれを言祝ぎ、全国的に提灯行列の「祝祭」がいとなまれた年だからである。

ニッポンとは、いったい、なんなのだろう。

辺見には「皇軍」兵士だった父親がいる。辺見は自己を顧みる。おい、お前、正直に言え。お前は父親を「骨がらみ過去に侵された他者」として無感動にながめていたのではないか。父もやはり「皇軍」兵士の一人としてその乱痴気パーティに参加していたのではないか。辺見は父を疑うがなかなか正面きって真相に踏み込むことができない。

辺見は堀田善衞の小説『時間』を読む。この作品は、語り手である「わたし＝中国の知識人陳英諦」の体の中に堀田善衞自身がすっぽりと入り込み、陳英諦の「眼」となって南京事件について語っていく、つまり「見るもの＝加害者」と「見られるもの＝被害者」が入れ替わっている。そこに描かれる風景は加害者にとってはモノクロ画面が突如総天然色に変わったかのごときリアリティをもって迫ってくる。この風景によって辺見は二重にも三重にも深く傷つくのである。

南京大虐殺とはなんであったのか。『日本大百科全書』（小学館、二〇〇一年）には他書に比べて比較的客観的に記載されている。見出しも「南京大虐殺」である。「一九三七年十二月十三日、上海派遣軍の二軍団からなる中支那方面軍が、中国首都南京を攻略した際、中国軍の捕虜・敗残兵および一般市民に対して行った大虐殺事件。欧米ではナンキン・アトロシティーズと呼ぶ。日本でも最近では南京大残虐事件、南京大虐殺とよばれるようになった。（中略）日本軍は遺棄死体八万四〇〇〇と発表したが、中国軍民の犠牲者は二〇万を下らなかったと推測される」。

日本人は「君が代」が好きである。また国歌と同じくらい「海行かば」も好きである。いわゆる「君が代」で天皇の長久なる弥栄《いやさか》を願い、そのためにならば死んでも悔いはない、という「日本精神」が歌われている。「天皇―戦争―死―無私」である。明治政府が富国強兵というハードウエアを作りあげ、それと対をなすソフトウエアとして昭和軍国主義が作りあげた「日本的死生観」である。日本人はこの官製の死生観に見事にはまり、今もまだはまりつづけている。

「皇軍」とは悪魔的によくできた組織である、と辺見は言う。人間の尊厳とそれぞれの「個我」を、大元帥陛下の名のもとに、ひとしなみに、ある意味で「公平」に、奪いつくし、たたきつぶし、もみつぶす。その過程で、軍隊、戦争、国家、平和、人間、愛といったことがらを、自分の頭で自由にとらえなおし対象化する意欲と能力を破壊しつくす。そしてついには戦争と今ある自分を、あたかも「運命」であるかのように錯覚させてしまう。そして天皇陛下は本質的に悪を為す能《あた》わざるが故に、「皇軍」のいかなる背信的行動も暴虐もさらには忘却も許容されるのである。なんという見事な「責任者無化」装置であろう。

父よ、あなたはどうしたか？

辺見の父は、一九四四年、江蘇《こうそ》省の宜興《ぎこう》に軍を展開していた時、中国の老人を拷問したことがあると白状した。

村上春樹が「猫を棄てる――」（『文藝春秋』二〇一九年六月号）で初めて父のことを書いた。村上の父は「自分の属していた部隊が、捕虜にしていた中国兵を処刑したことがある」と言った。中国兵は首を軍刀ではねられたという。

村上は言う。

「一滴の雨水には、一滴の雨水なりの思いがある。一滴の雨水の歴史があり、それを受け継いでいくという一滴の雨水の責務がある。我々はそれを忘れてはならないだろう」

辺見は言う。

「過去の跫音に耳をすまさなければならない。あの忍び足に耳をすませ！　現在が過去に追い抜かれ、未来に過去がやってくるかもしれない」

その過去は憲法第九条に自衛隊を明記するだけで来てしまうほど、近くまで来ているのだ。それほど周到に準備された「今日」なのである。そして憲法改悪して「象徴」を「元首」に変えたら、未来は圧死させられる。

グレタは人類を死滅から救う天使か

グレタ・トゥーンベリという十六歳の少女が今、世界を動かしつつある。二〇〇三年生まれのグレタはついに居ても立ってもいられない気分となり、二〇一九年の八月、ストックホルムのスウェーデン議会の前で「気候変動問題のための学校ストライキ（登校拒否）」と書かれたプラカードを掲げて単身座り込みデモを二週間にわたって決行し、その日から地球温暖化と気候変動の阻止を求めるスウェーデン人活動家となった。以来、毎週金曜日を「地球温暖化阻止の日」と決め、学校を休んで議会前で座り込む。賛同しデモに加わる若者たちの数は数百人に増え、中には学校を休んで参加する教員までいた。二〇一八年末には、「グレタに続け！　気候のためのストライキ」と書かれたプラカードを掲げて、ベルリンやパリなどヨーロッパの二七〇都市で何万人という中高校生たちがデモを行うまでになっている。「グレタ世代」はアメリカにもわたり、「March for Our Lives（命のための行進）」を旗印としてパークランドスクールの学生たちが学校ストライキを決行した。

二〇一八年十二月ポーランドで開かれた第24回気候変動枠組条約締約国会議（COP24）や、二〇一九年一月にスイス・ダボスでの世界経済フォーラムに招待され、そこでのスピーチがさらに注目を集め、今ではノーベル平和賞にまで名前が挙がりはじめている。グレタは何を言わんとしているのか。

「私は十一歳の時にアスペルガー症候群（自閉症の一種だが知能において問題はない）だとわかりました。ですから、物事はすべて黒か白です。あいまいはありません。あいまいな会話でやりすごす対人関係はあまり得意ではありません。大事なことしか話したくないのです。ですから、私が今、話をしているということはとても大事なことなんです」と、こんなふうに十六歳とは思えないユーモアを交えながらのスピーチには人の心を動かさないでおかない迫力と説得力がある。

「大人たちは、学校を休まないで勉強しろと言う。だけど明日をも知れぬこの地球にあって、いったいなんのために勉強するのでしょう。また、そんなに気候のことが心配なら気候研究の学者にでもなればいいじゃないかとも言う。だけど、気候研究の学者たちはもう三十年も前から、気候危機について警鐘を鳴らしつづけているのに、あなた方大人たちは何もしなかったじゃありませんか」

まったくグレタの言うとおりなのだ。地球温暖化の原因が石油や石炭などの化石燃料を燃やすことにあると、ほぼ全科学者たちが口をそろえて言いつづけてきたのに、エネルギー産業はその莫大な資金力によって強大なネットワークを世界に張り巡らせ、政治家を操り、マスメディアを買収し、地球温暖化は幻想であり、根拠なき脅かしにすぎないと声高に言わしめる。トランプ大統領などその代表だろう。

「大人たちは目下、地球を破壊しています。私たち子供の未来を破壊しているのです。もはや大人たちは頼むに足りないから、私たち子供が行動を起こし始めたのです。私たちの命と未来を私たち自身で守るためです。私は、みなさんにパニック状態になってほしいのです。今、あなたの家が火事になった！　そんなパニックにです。そして一日でも早く、気候危機に目覚めてほしいのです。気休めの希望なんかいりません。希望は自分の手でつかみとるものです。行動です。目覚めたら即行動することです。行動を起こせばそこに希望が生まれるのです」

理路整然とした素晴らしいスピーチである。

どうしてこんな少女が突然出現したのかと不思議に思った私は、目下話題となっている『スウェーデンの小学校社会科の教科書を読む』（ヨーラン・スバネリッド著、鈴木賢志・他訳、新評論）を取り寄せて読んでみた。するとそこには驚くべきことが書かれてあった。日本の小学校社会科の教科書とは天と地ほどの差があった。まず、自分で考えよう。何が問題か。その原因は何か。解決策を考えよう。と言って若者たちの社会・政治参加を促す。ネットの時代となり、今日では誰もがニュースの発信者になれる。ソーシャルメディアは、世界中の権力者に影響を与えるために使うことができる。自分の意見が正しいと思うなら、多くの人から賛同を得て、世論を形成しましょう。新聞に投稿しましょう。デモを行いましょう。私たち人間には言葉がある。言葉によってお互いに協力しあえる。みんなが一緒になれば、私たちは大きなことを成し遂げることができるのです。民主制の社会では表現の自由という権利があり、もっとも多くの賛成を得た提案が勝利するのです。それが多数決の原則です。間違ったことがあったら抵抗する。とにかく、決めるのは私たち国民です。私たちが良いと思う方法で決定しなくてはなりません。

先進的モデル国家スウェーデンでは政治に対する価値観の重要性を共有することが民主制の根本であることを小学校の生徒の頃から教えている。だからこそ国政選挙の投票率は、強制でも義務でもない自由選択ながら85%という驚異的な数字になるのだろうし、またグレタ・トゥーンベリのような少女が出現するのも当然のことなのかもしれない。

国連平和大使のレオナルド・ディカプリオは環境危機を訴えてドキュメント映画『The 11th Hour』や『地球が壊れる前に』を作って、まさに孤軍奮闘しているが、その映画を観ていると、炭素税の導入とか再生エネルギーへの強制的移行とか、人間の叡智を最後まで信じようとしている。しかし、できるかな、相手は巨大な悪だよ。もはや地球温暖化はそのリターンポイントを越えてしまっているような気がする。しかし絶望に陥るのは怠慢であろう。グレタが言うように、目覚めたら行動することだ。行動の中にこそ希望が生まれる。少女グレタが人類を死滅から救う最後の天使であることを祈るばかりだ。

団地はこの国の未来である

安田浩一『団地と移民』の志

団地という言葉は最近あまり聞かなくなったが、安田浩一氏の『団地と移民』(角川書店)を読んで、自分の認識不足を思い知らされた。団地は今なお厳然としてありつづけ、そこは私たち一般人が抱くイメージとはかけ離れた世界として存在している。そこは老人たちが孤独死するコンクリートの箱であり、その家賃の安さゆえに移民たちのゲートウェイであり、それゆえにまた、排外主義的なナショナリズムによる世代間の軋轢を生み、ヘイト行為とヘイトスピーチの最前線ともなっている。

しかしこうした現象は日本だけに限るものではなく、世界的にもそうだという。「団地はこの国の未来である」と著者は言うが、その未来は果たして明るいのか暗いのか、読み進めたい。

終戦から一〇年が経過した一九五五年、全国で二七〇万戸の住宅が不足していた。そこで国は住宅不足の解消と住環境向上の二つの目標を掲げ、この年、日本住宅公団を設立した。この公共事業を立案実施したのは建設省だが、公団設立にあたって政界側の立役者だったのが衆議院建設委員会に所属する議員だった田中角栄である。

「借家を公的な住宅として税金で造ろう」。住宅を社会資本として捉えるその新鮮な発想が日本住宅公団設立の原動力となったようだ。で翌年、第一号の公団団地が誕生した。大阪府堺市の金岡団地だ。三〇棟、全九〇〇戸、2Kで家賃四〇五〇円、2DKで四八五〇円、応募倍率は三倍だった。

団地は画期的だった。夢の「風呂付き住宅」であり、食堂と寝室が別という「食寝分離」、また夫婦と子供が別々に寝る「分離就寝」という生活が一般化された。これがやがて「核家族」を生み出す原因となるのだが、それはともかく設備も革命的だった。トイレは水洗になり、台所もステンレス製の流し台、憧れの「洋風」が団地にはあった。

団地には高く聳《そび》える給水塔があった。それはいわば昔の井戸端の名残であり、西洋の街にたとえるなら小さな教会のような役目を担っていた。住人たちはなにかにつけその周辺に集まり、世間話をし近況を報告しあった。給水塔は自分には仲間がいるということをいつも意識させてくれるいわば団地の象徴であった。それがある日、団地から消えた。水は各家に水道局から直接給水される。むろんこのほうが清潔だからだが、給水塔がなくなった時から、団地の運命が変わりだす。

給水塔が撤去された時、団地を支えてきた「つながり」も同時に消えた。花見や祭りの参加者が減り、郵便ポストに名札をつける人や表札を掲げる人がいなくなり、自治会に入る人もいなくなる。そのうち隣人がだれなのか、それすら分からなくなる。団地の住人は一人で生きて一人で死んでいくようになる。住民の高齢化や孤独死の問題が深刻になる。今や、団地に住んでいる人の多くは、ここから脱出できないでいる人、またはやっとここにたどり着いた人、そして外国人だ。

埼玉県川口市の芝園団地は一九七八年に完成した鉄筋コンクリートの一五階建て、全二五〇〇世帯という大型団地だが、皮肉まじりに「万里の長城」と呼ばれている。なぜかというと住人の半数が外国人であり、そのほとんどが最近とみに増えた中国人だからだ。「チャイナ団地」「中国人の脅威」とも呼ばれている。

排外主義団体は日本各地で「運動」を展開し、在日コリアンや中国人をターゲットに、「日本から出て行け」「死ね」と叫びながら街頭での差別デモを繰り返してきたが、芝園団地の最寄り駅周辺はその格好な標的となった。「フィリピン人一家追放・国民大行進」と銘打った二〇〇人のデモ隊は、「不法滞在者を即刻追放せよ」「一家を叩き出せ」とシュプレヒコールを叫び、日章旗や旭日旗を担いで蕨市内を回った。

それにあおられるかのようにネット上にも「強制送還支持」「処分は当然」という意地の悪い書き込みがあふれる。

この芝園団地の問題をなんとかしようという意思を持って自ら進んでここの住人になった岡崎広樹さんという人がいる。彼は商社マンだったが、それを辞め、政治家予備校とも言える松下政経塾に入って「多文化共生」を学んだ。そして彼はその実験研究の場としてこの団地を選んだのだった。三〇代の若者である岡崎さんは自薦で自治会の役員になり、中国人との交流を始めた。まずは防災講習会のチラシ（中国語も）をつくって手渡してみたら、意外や日本人も中国人も集まってくれた。それを機に、ゼミを開いたり、イヴェントを行って、とにかく交流が成立しはじめる。そのうち「中国人はお客さんではない。隣人なのだ」という意識改革が起きるようになった。そして中国人のほうも「僕たちは若い。日本人世帯は高齢者が多い。僕らは体力で貢献するから、日本人は知力と経験で貢献してください」と言うようになった。

そしてみんなでやり始めたことは、建物の壁ばかりでなく至る所にあふれかえる黒マジックで書かれたヘイト落書きの呪詛を、ペンキで塗りつぶすことだった。ただ塗りつぶして消すだけでなく、その上に絵を描いたり、子供たちも参加して自分たちの手形を色とりどりに押していった。それは、「ここに人が住んでいる」という証しである。同時にそれは、壁やテーブルにこびりついた差別と排除と腐臭を拭い去るストリート・グラフィティになった。

夏祭りにはペットボトルに様々な色の絵の具を溶かした水を入れ、たくさんのランタンを作って宙に吊した。それに下から光を当てると、星が降りかかるような幻想的な光景になった。志あるノンフィクションだからこそ描くことができた、素晴らしい場面だ。

こういう美しい実験の成果があることが嬉しいではないか。団地はこれからも外国人のゲートウェイでありつづけるだろうが、そこが友好と共生のモデル地帯に、もしなったら、日本の未来に微光が差す。

郵 便 は が き

料金受取人払郵便

麹 町 局
承 認

1763

差出有効期間
2022年1月31日
まで

切手はいりません

102-8790

209

(受取人)
東京都千代田区
九段南 1-6-17

毎日新聞出版

営業本部　営業部行

ふりがな	
お 名 前	
郵便番号	
ご 住 所	
電話番号	(　　　　　)
メールアドレス	

ご購入いただきありがとうございます。

必要事項をご記入のうえ、ご投函ください。皆様からお預かりした個人情報は、小社の今後の出版活動の参考にさせていただきます。それ以外の目的で利用することはありません。

毎日新聞出版　愛読者カード

本書のタイトル「　　　　　　　　　　　　　　」

●この本を何でお知りになりましたか。

1. 書店店頭で　　　　2. ネット書店で

3. 広告を見て（新聞／雑誌名　　　　　　　　　　）

4. 書評を見て（新聞／雑誌名　　　　　　　　　　）

5. 人にすすめられて　　6. テレビ／ラジオで（　　　　　　）

7. その他（　　　　　　　　　　　　　　　　　　）

●どこでご購入されましたか。

●ご感想・ご意見など。

上記のご感想・ご意見を宣伝に使わせてくださいますか？

1. 可　　　　2. 不可　　　　3. 匿名なら可

職業	性別 男　女	年齢 歳	ご協力、ありがとうございました

Ⅳ　わが文学遍歴

文学とクラシック音楽と柔道に夢中だった九段高校時代

夏目漱石「高等遊民」への憧憬

　私は小学校を五つ変わった。最初は旧満洲牡丹江市の円明小学校に入った。晴れての一年生だった。入学式の写真が残っているが、レンガ造りの立派な校舎だった。が、通ったのはほんの三カ月と少し。夏休みに入ったと思ったらソ連軍の満洲侵攻が開始されて、私たちは満洲を脱出してハルビンに行き、そこで避難民になった。途中、父の死があり、翌年の九月の終わりまでの一年二カ月は本も読まない字も書かない生活を送った。引き揚げ船で日本に帰ったのが十月。父の実家のある小樽にいったん落ち着いて、そこで小樽市の手宮西国民学校に二年生として転校した。がすぐに冬休みになり、私たちは東京へ出た。代田二丁目の兄の下宿に仮住まいして、渋谷区の幡代小学校に二年生として転校したが、これもすぐに学期末が来てしまった。そしたらまた引っ越しで今度は青森だ。青森には母の弟がいて、その人が私たちを大いに助けてくれた。で青森市立長島小学校に三年生として転校。学区の問題があって、翌年の途中から、四年生として青森市立古川小学校へ転校した。

「今度、転校してきた中西君です」と紹介され、そこでぺこりと頭を下げるのだが、これにもう飽きたなというのが正直な感想だった。だけど不思議なことに、避難民生活をしていてほとんど勉強らしきものはしていなかったにもかかわらず、学校ではなぜかできるほうだった。それよりも、子供ながらにも私が密かに悩んでいたことは、生活の落ち着きのなさだった。青森に移り住んでからも母は口癖のようにして言っていた。

「私たちはすぐに東京に出るんだからね。津軽弁を話さないようにしなさい」

まだ引っ越しするつもりなのかよ、と自分の行く末になんのイメージも描けない。それが不安だった。自分というものの存在が明確につかめない。揺籃《ようらん》の夢を見ていた少年をフラスコに入れ、戦争体験、避難民生活、父の死、飢えと恐怖と人間不信という薬品を加え、引き揚げ船で日本に連れてきて、あっちこっちと引っ越しをさせ、学校を五つも転校させるという攪拌運動を加えて、できあがった奇妙な気体。それがその頃の私だった。

この奇妙な気体は、ちょっと風でも吹いたらふわふわと、どこかへ漂っていってしまうのではないか。何処かにしっかりと繫ぎ留めておかなくては雲散霧消してしまうかもしれない。それが私の一番の不安であり恐怖だった。繫ぎ留めるのには何がいいか。それはきっと本を読むことだろう。と誰に教えてもらったわけでもなく、直観的にそう思った。

青森に住みはじめての最初の年は、漫画や冒険小説が大好きだった。『少年』『譚海《たんかい》』『おもしろブック』などの雑誌をとっていて月々隅から隅まで読みふけった。小説は江戸川乱歩の『怪人二十面相』、海野《うんの》十三の『海底都市』、モーリス・ルブランの『怪盗ルパン』、ジュール・ベルヌの『十五少年漂流記』などに胸躍らせていた。

小学六年生の秋、私は一大決心をした。よし、今日から文学作品を読むぞ。漫画や冒険小説とはサヨナラだ。

私は押し入れの上の段に寝ていたのだが、下の段には漫画本がいっぱいつまっていた。ひっぱり出してみると、売るほどあった。

売るほどある？　なら売ろう。

母が中央マーケットで古着屋商売を始めたこともあるが、なんといっても、ハルビンの街角で母と姉がタバコの入った箱を首から下げて、道行く人に声をかけ、懸命にタバコを売っていた姿が忘れられない。そうだ、あれをやろう。

家の前の路上にミカン箱を四つ離して置き、その上に雨戸を二枚のせて露台をつくり、漫画本を虫干しでもするかのように並べ、道行く人に本当に売った。

「漫画本はいかがですか？　ちょっと古いですが、安いですよ」

道行く人に声をかけるのはハルビンでのタバコ売りの手伝いで慣れていた。

一冊五円とか十円だったが、飛ぶように売れた。売り上げは予想以上にあった。その金を握って古本屋へ飛び込み、夏目漱石の『吾輩は猫である』を買った。

私が机に向かって文字だらけの本を読んでいると、母が横から、「そんなの読んで分かるのかい？　無理しなくていいよ。まだ子供なんだから」と口を挟んだが、ところがどうして、私は面白くて仕方がなかった。第一、猫が教養あふれる日本語を操って様々に人間を論評するところが面白い。

読みながら思った。主人公のこの猫は私だ、と。私はただ黙って大人のすることをながめてきたが、この猫のように観察もしてきた。ただ、自分の視点の置き所やその表現方法がわからなかっただけだ。なんだ、まったくこの小説はぼくのために書かれたようなものじゃないか、と目から鱗の落ちるような思いだった。こんなところに私の居場所があったではないか。ここに私を繋ぎ留めよう。

「吾輩は人間と同居して彼等を観察すればする程、彼等は我儘なものだと断言せざるを得ない」「天下の人にはみんな泥棒根性がある」「意気地のない所が上等なのである。無能な所が上等なのである。猪口才《ちょこざい》でない所が上等なのである」。また「研究をするということは自分を研究することである」という言葉を初めて、この本で知った。

吾輩の主人である珍野苦沙弥先生、迷亭、水島寒月、金田夫妻、主人の次女珍野すん子等々、登場人物がみな世間によくある人物であり、その描写がまた皮肉がきいていて的確である。平凡な顔つきの人を「一寸表へ出て一二町あるけば必ず逢へる人相である」なんて言ってのけるなんてすごいと思った。

吾輩猫は主人とその仲間たちを「太平の逸民」とか「高等遊民」と評していたが、将来は、私もぜひその仲間に加わりたいと思った。で、六十八年かけて、私はどうやらその目的だけはかなえたようだ。

平凡さという感動

漱石『思い出す事など』再読

小学校六年生の秋に『吾輩は猫である』を読み始めたことが私の文学入門であった。難しい日本語の言い回しに戸惑いながらも、またあちこちに理解不可能なところがあったにもかかわらず、文学とはこんなに面白いものかと思いながら読み進んだ。私の読み方は今思えばまったくの私流であった。昭和二十年八月十一日のソ連軍爆撃機の来襲は、いわば私にとっての「目覚め」の瞬間だった。それまで揺籃の中でぬくぬくと眠っていた子供が突然「起きろ！」とばかりに枕を蹴られて跳び上がった。それから先には死の恐怖と飢えの逃避行があり、避難民生活があり、父の死があり、故郷喪失と日本への引き揚げがあった。その間、約一年と二カ月、無理矢理目覚めさせられた私の目は、人間の赤裸々な姿をイヤというほど見せつけられてきた。そのことの一つ一つを表現する方法もないまま、私はみな記憶し、心の奥底にしまい込んでいた。そんな私の、人間に関する意見を『猫』が実に明快に分析し描写してくれるではないか。これが面白くないはずがない。

「吾輩は人間と同居して彼等を観察すればする程、彼等は我儘なものだと断言せざるを得ない」なんて言葉は一言一句私の思いと同一である。「いくら人間だって、そういつまでも栄える事もあるまい」「元来人間というものは自己の力量に慢じてみんな増長している」「人間てものあ体の善い泥棒だぜ」「凡《すべ》ての安楽は困苦を通過せざるべからず」と痛快に言い放ち、自分の主人をこう評する。「要するに主人も寒月も迷亭も太平の逸民で、彼等は糸瓜《へちま》の如く風に吹かれて超然と澄し切って居る様なものの、其実《その》は矢張り娑婆気もあり、慾気もある。只其言語動作が普通の半可通の如く、文切り形の厭味を帯びてないのは聊《いささ》かの取り得でもあろう」。これを読んで、自分もぜひ太平の逸民（のちに漱石は高等遊民とも言っている）の仲間になりたいと思ったのだから、少年時代の私には青雲の志などという立派なものはなかった。何処にも勤めることなく誰にも仕えることなく、糸瓜の如く風に吹かれて超然と筆一本で食っていけたら満足だと思った。これがすなわち『吾輩は猫である』が与えてくれた「第二の目覚め」である。

ならば高等遊民はどんな会話をしているのか。たとえばこうだ。「大和魂！と叫んで日本人が肺病やみの様な咳をした」「大和魂！と新聞屋が云う。大和魂！と掏摸《スリ》が云う」「詐偽師、山師、人殺しも大和魂を有《もっ》て居る」「三角なものが大和魂か、四角なものが大和魂か。大和魂は名前の示す如く魂である。魂であるから常にふらふらして居る」。誠に楽しそうである。こんな談笑の仲間に入りたいと思った。以来、夏目漱石は我が師となり、作品のほとんどを愛読した。

昭和が終わった時、私は突如として歌を書くことをやめてしまったが、そのきっかけの一つは何を隠そう、『こころ』の先生の自死である。「明治天皇が崩御になりました。其時私は明治の精神が天皇に始まって天皇に終ったような気がしました。最も強く明治の影響を受けた私どもが、其後に生き残っているのは必竟《ひっきょう》時勢遅れだという感じが烈しく私の胸を打ちました」（『こころ』）。昭和という時代に最も翻弄されて生きた私は、自分も昭和という時代に殉じるような真似を何かしなくてはならないような、そんな義理を感じて、それを歌書き断筆という形でやってみたのである。その後に来る不安についても覚悟はしていた。そして「私は此《この》不安を駆逐するために書物に溺れようと力《つと》めました。私は猛烈な勢をもって勉強し始めたのです」（同前）、そして「私を生んだ私の過去は、人間の経験の一部分として、私より外《ほか》に誰も語り得るものではないのですから」（同前）という一言に勇気を得て小説家を志した。私の小説第一作は『兄弟』であったが、あの作品も漱石の『道草』（養父を悪し様に描いた自伝的小説）がもし存在していなかったら、書くことをためらったに違いない。

その後、私は『満韓ところどころ』を読んで漱石のアジア蔑視に直面し、漱石に同化して読むばかりであった自分をも深刻に振り返らざるを得なくなるのだが、しかしやはり漱石への愛は消え去ることがなかった。

二〇一二年に食道がんを患い、それを克服して二年半後にまた新しいがんと闘い、二〇一五年九月に再び解放された。この経験によって私は大いに学んだが、死の淵から生還するというきわどい経験は、さらに夏目漱石の姿を変えたのである。私は『思い出す事など』というエッセイを読み、世に言う「修善寺の大患」から九死に一生を得た漱石ののちの「則天去私」につづくであろう心境の変化をたどった。

「考えると余が無事に東京まで帰れたのは天幸《てんこう》である」などと精神的価値に生きる知識人

の漱石にはまるで似合わない言葉がまず吐かれる。がこれにつづく言葉が面白い。「こうなるのが当り前のように思うのは、いまだに生きているからの悪度胸に過ぎない」、そして驚くべき言葉がつづく。「自分は今危険な病気からやっと回復しかけて、それを非常な仕合《しあわせ》のように喜んでいる」「自分の介抱を受けた妻や医者や看護婦や若い人達をありがたく思っている。世話をしてくれた朋友やら、見舞に来てくれた誰彼やらには篤い感謝の念を抱いている。そうして此処に人間らしいあるものが潜んでいると信じている。その証拠には此処に始めて生き甲斐のあると思われるほど深い強い快よい感じが漲《みなぎ》っているからである」

黒い口髭をたくわえ、いつも苦虫を噛みつぶしたような顔をして、無口で偏屈で人間嫌いを隠すことなく、生まれたばかりの我が子を「ぷくぷくとした塊」などと言い、無学な妻をオタンチン・パレオロガスと馬鹿にしていた漱石がついに全面降伏というか、生き甲斐という表現まで使って人生の実生活を肯定したのである。漱石文学の中でも感動的な場面だ。死と対話をすることによって人間は新しく目覚めるというそんな平凡な哲理から漱石も逃れられなかったことが嬉しい。

「思うに一日生きれば一日の結構で、二日生きれば二日の結構であろう」。漱石のこの言葉に、私も共感する。

漱石との決別

『満韓ところどころ』への絶望

私は小学六年生の時、初めて夏目漱石の『吾輩は猫である』を読み、まだ読めない漢字や意味不明な部分もたくさんあったが、とにかく全体の調子が心地好く、自由な気風にあふれていて、たちまちにして漱石文学の愛好者になった。将来は珍野苦沙弥先生のような「太平の逸民」とか「高等遊民」の生活がしたいものだと本気で考え、物書き以外の職業につこうなどとは一度として考えたことがなかった。以来、漱石作品は発表順を追って『坊っちゃん』『草枕』『三四郎』『それから』『門』『彼岸過迄』『行人』『こころ』『明暗』と読み進め、それを二度繰り返してもなお漱石熱は冷めなかった。つまり私の中の日本文学にあっては漱石はその中心にどっかと居座っていたのである。

漱石の小説のほとんどが今言うところの不倫小説であり、その心理の優柔不断というか、行ったり来たりが面白く、絶えず自分自身を凝視しつづける作家態度に圧倒されてもいた。特に遺作となった『明暗』の心理描写はすさまじく、夫と妻の心理戦に上司やその妻が参戦してくるといった感じで、まるでドストエフスキーの『地下室の手記』の主人公を思わせるような過酷な心理分析で読む者の心をさえも苛《さいな》む。それほどまでに厳しく漱石は自分自身のエゴイズムを観察していた。残念ながら未完に終わったがために、話の結末は分からないが、私は私なりの結論を出して、それなりに納得しているが、結論はどうあれ、この心理描写はフランスの心理小説をはるかに凌駕する高みにまで達していると固く信じている。それほどまでに愛し尊敬した漱石先生であるが、ある日、「漱石紀行文集」の中の『満韓ところどころ』（明治四十二＝一九〇九年、朝日新聞に連載された紀行文）を読んで脳震盪《しんとう》のような目眩《めまい》を感じた。本当に漱石が書いたものだろうか。しかし悩んでどうなるものでもない。正真正銘漱石の手になるものには違いないのだから、私はただただ悲しい思いで読みすすめるより仕方なかった。

漱石は南満洲鉄道総裁となっていた旧友の中村是公《よしこと》から誘われて明治四十二年九月二日から十月十四日まで満洲の大連、奉天、撫順、ハルビン、長春、そして朝鮮各地を旅行した。その時の紀行文である（朝鮮については記述されないまま連載は中断）。

神戸から鉄嶺《てつれい》丸という船に乗って、比較的安楽な船旅をしたのち、船が大連の波止場に着くや、空気が一変してしまう。

「河岸の上には人が沢山並んでいる。けれどもその大部分は支那のクーリー（苦力。人夫、人足のこと）で、一人見ても汚ならしいが、二人寄ると猶《なお》見苦しい。斯《こ》う沢山塊《かたま》ると更に不体裁である。……船は鷹揚《おうよう》にかの汚ならしいクーリー団の前に横付けになって止まった。止まるや否や、クーリー団は、怒った蜂の巣の様に、急に鳴動し始めた。……馬車が並んでいた。力車も沢山ある。所が力車はみんな鳴動連が引くので、内地のに比べると甚だ景気が好くない。馬車の大部分も亦《また》鳴動連によって、御せられている様子である。従って何《いず》れも鳴動流に汚ないもの許《ばかり》であった」といった具合だ。その上、ロシア人を露助《ろすけ》と呼び、中国人をチャンとかチャンチャンと呼ぶ。この文章の中には、私の愛する風になびく糸瓜のように生きる「太平の逸民」の鷹揚さも「高等遊民」のインテリジェンスもない。わが国より文明開化に遅れたアジア人を蔑視する帝国主義的な明治の日本人がいるだけである。

「クーリーは大人しくて、丈夫で、力があって、よく働いて、ただ見物するのでさえ心持が好い。彼等の背中に担いでいる豆の袋は、米俵の様に軽いものではないそうである。夫《それ》を遥《はるか》の下から、のそのそ背負《しょ》って来ては三階の上へ空けて行く。空けて行ったかと思うと又空けに来る。何人掛りで順々に運んでくるのか知れないが、その歩調から態度から時間から、間隔から悉《ことごと》く一様である。……彼等は舌のない人間の様に黙々として朝から晩迄、この重い豆の袋を担ぎ続けに担いで、三階へ上っては、又三階を下るのである。……とても日本人には真似も出来ません。あれで一日五、六銭で食っているんですからね（と案内が言う）」。目の前の奴隷のごとき支那人にたいする一片の同情もない。

で、満洲日日新聞には『韓満所感』（一九〇九年）としてこんなことを書いている。

「歴遊の際もう一つ感じた事は、余は幸にして日本人に生れたと云う自覚を得た事である。……わが同胞が文明事業の各方面に活躍して大いに優越者となっている状態を目撃して、日本人も甚だ頼母《たのも》しい人種だとの印象を深く頭の中に刻みつけられた。同時に、余は支那人や朝鮮人に生れなくって、まあ善かったと思った。……勝者の意気込を以《もっ》て事に当るわが同胞は、真に運命の寵児《ちょうじ》と云わねばならぬ」。漱石どうした？　と私はわが目を疑った。

あの時代の高揚と興奮から漱石一人だけ冷静であれというのは酷というものだと学者や批評家が弁護するが、そうだろうか。ならば、「四角な世界から常識と名のつく一角を摩滅して、三角のうちに住むのを芸術家と呼んでもよかろう」（『草枕』）と言った漱石はどこへ行ったのか。時代がいかに日清・日露の戦勝気分にひたっていようとも、その時代の真四角な常識的空気から常識と名のつく一角を摩滅して、三角な世界に住みつづけてこその芸術家ではなかったのか。

小説家としての文名も高まり、文壇での存在感もいやましに増していただろう。いかに孤高を貫いていても、世間の価値観が漱石に俗化を強いるのはやむをえないことかもしれない。しかしそれはもはや漱石ではない。ただの偉い文人にすぎない。私の漱石への思いは冷や水を浴びたように冷めていった。悲しい出来事だった。そうは言っても、漱石作品を読んで過ごした楽しい時間のことは忘れない。また受けた影響も死ぬまで消えるものではなかろうが、私が一応、漱石に別れを告げたのも事実なのである。

小林秀雄転向の書「Xへの手紙」

私が小林秀雄（一九〇二‐八三）を知ったのは大学に入る前の浪人中であった。とは言っても私は四年間も浪人しているので正確なところは解らない。

その頃の私はクラシック音楽に凝っていて、連日のように神田神保町にある「らんぶる」という名曲喫茶に入り浸っていた。ベートーヴェン、ブラームス、モーツァルト、マーラー、バルトークなどを繰り返し聴いていた。腹が減ると何か食べに外へ出る。出たついでに古本屋をのぞく。すると小林秀雄の『モオツァルト』（昭和二十四年、日産書房刊）という箱入りの本が目についた。やけにてかてかと光った朱色の表紙の本だ。ふと中をのぞいてみると、「もう二十年も昔の事を、どういう風に思い出したらよいかわからないのであるが、僕の乱脈な放浪時代の或る冬の夜、大阪の道頓堀をうろついていた時、突然、このト短調のシンフォニイの有名なテエマが頭の中に鳴ったのである」とある。物凄い名文というか、今まで見たこともない眩しいような言葉が飛び込んできた。音楽をこんなふうに語ることもできるのだという驚きにも似た何かうろたえるような気分に侵された。文章の始まる前には、そのト短調（四十番）シンフォニーの第四楽章の冒頭部分の楽譜まで添えられている。

私はその本を買い求め、数日間、読みふけった。これが私の小林秀雄初体験であった。

それからというものは、小林秀雄の作品は、訳詩であろうと評論であろうと手当たり次第に読みあさり、そしてかぶれた。『様々なる意匠』『ランボオ詩集』『ゴッホの手紙』『近代絵画』『ドストエフスキイの生活』……。モーツァルトを小林秀雄の耳で聴き、ゴッホやセザンヌを小林秀雄の眼で見、ドストエフスキーを小林秀雄の頭を通して理解した。ランボーは小林秀雄以外の訳で読むことはなくなった。

私は小林秀雄の講演を、「本居宣長」と「信ずることと知ること」の二度聴きにいった。講演は二度ともあまり面白いものではなかったが、ちょっと甲高い生の小林秀雄の声を聴いているだけで、なにやら有り難かった。しかも私は小林秀雄のサインまで持っている。

ある日、日比谷の三信ビルの地下街への階段を下りていくと、向こうのほうから小林秀雄が歩いてくる。グレイの背広の上下にノーネクタイで風呂敷包みを右手にぶら下げて所在なげにゆっくりと歩いてくる。私は立ち止まって見送ったのだが、小林秀雄はふらりと喫茶店へ入っていった。サインが欲しいと思った私はとっさに本屋を探した。と、すぐ近くにあった。私はあわてて本屋へ飛び込み『藝術随想』という本を買い、それを手に喫茶店のドアを開けた。小林秀雄は一人ぽつねんと入り口近くの席に座っていた。

「小林先生、サインをしていただけますか?」

私は硬直した手で本を差し出した。

小林秀雄はギロリと私を見上げ、「名前はなんていうの」と言いつつ胸から黒いモンブランの万年筆を取り出した。

「中西禮三さま　小林秀雄

昭和四十三年五月十七日」

小林秀雄ファンには見覚えのある字が青インクで太々と書かれていった。昭和四十三年といえば、前年に日本レコード大賞作詩賞をもらい私としては売れはじめていた頃だ。しかも私は小林秀雄が『モオツァルト』の中で「大阪の街は、ネオンサインとジャズとで充満し、低劣な流行小歌は、電波の様に夜空を走り」とまるで唾棄すべきもののように書いているその「低劣な流行小歌」の書き手となっていたのだからまるでギャグのような巡り合わせだ。

小林秀雄には、私にとって今でも理解不能な作品がある。「Xへの手紙」（『中央公論』昭和七年九月号）である。これは批評でもなく小説でもない。「俺」という一人称を使っているところをみると手記と呼んでもいいかもしれない。

「この身が恐ろしく月並みな嘆きのただ中にいる」「俺は自殺のまわりをうろついていた」「兎も角も俺は生きのびた」「俺は人を断じて殺したくないし人から断じて殺されたくない。これが唯一つの俺の思想である」。そしてとても小林秀雄とは思えない言葉がつづく。「社会は常に個人に勝つ。思想史とは社会の個人に対する戦勝史に他ならぬ」。小林秀雄は何者かに向かって敗北宣言をしているようだ。

この文章を書く前年、小林秀雄は「マルクスの悟達」（『文藝春秋』昭和六年一月号）という マルクス賛美ともとられかねない文章を書いた。この文章を書いたことによって、小林秀雄の環境になんらかの変化があったに違いない。プロレタリア文学を国家転覆の思想と決めつけ、弾圧の力を一層強めていた特高警察も色めきたったのではないか。

しかし、小林秀雄はここからがらりと変身するのである。昭和十二（一九三七）年、日中戦争が勃発する。すると小林はこんな発言をする。「事変は日本を見舞った危機ではない。寧《むし》ろ歓迎すべき試練である」（「事変と文学」『新女苑』昭和十四年）。そしてこうも言う。「銃をとらねばならぬ時が来たら、喜んで国の為に死ぬであろう。……戦いは勝たねばならぬ。……日本の国に生を享《う》けている限り、戦争が始まった以上、自分で自分の生死を自由に取扱う事は出来ない、……日本に生まれたという事は、僕等の運命だ」（「戦争について」『改造』昭和十二年）。小林秀雄の言葉に眩惑《げんわく》されて戦場に向かった若者も大勢いたであろう。日中戦争が明らかな日本による中国への侵略戦争であったことを小林秀雄が知らなかったはずがない。だが戦後、小林が反省した形跡はない。それどころか「僕は無知だから反省なぞしない。悧巧《りこう》な奴はたんと反省してみるがいいじゃないか」と開き直った。

小林秀雄は戦争推進の協力者だった。それに気付くのには随分時間がかかった。自分の愚かさに腹を立てても詮無いことだけれど。

闇より深い夜の奥へ

『夜の歌』の文庫版刊行にあたって

井上ひさしの芝居『きらめく星座』（一九八五年初演）は登場人物全員がつけた防毒マスクで幕が開き、防毒マスクで幕が降りる。髑髏《どくろ》を思わせる防毒マスクは戦争の暗黒と暴力の象徴として芝居全体を暗澹《あんたん》たる空気で圧する。

その防毒マスクを愛と魂の交換の道具に換えてみせたのが中西夏之の『吐息の交換』（一九六八年）というコラージュ作品である。なぜ愛と魂の交換と言うかというと、この絵の裏には『馬とも』という一言が加えられているからである。馬とでさえ吐息の交換をする。それが愛でなくてなんだろうと私は思うからだ。この作品は銀座の南画廊で発表されたのだが、それを見て感動した澁澤龍彦が雑誌『血と薔薇』第三号（一九六九年）にこの絵画の写真を掲載し、一挙に世間に知られることになった。私は『血と薔薇』のそのページを開きっぱなしにして書斎机の脇の本棚に置いて日夜眺めている。今でもまだ。

二〇一二年、食道がんを克服したあと、中西夏之（私は若い頃から知己を得ていた）に電話をし、『吐息の交換』を購入したいと申し入れた。そしたらなんと、夏之さんは私の快気祝いにプレゼントしてくれると言うではないか。私は心底感激したが、ある日、現実にそれが送られてきた。私は寝室の枕元の壁に掛け、毎晩『吐息の交換』（39cm×58cm）を見上げ、夢のような幸福を味わいながら眠りに落ちていくのである。講談社文庫版解説者の伊藤彰彦氏は、「なかにしが『吐息の交換』を所蔵し、自宅の壁に掛けた瞬間から『夜の歌』への旅が始まった」と言うが、まさにその通りなのである。

二月は私にとって油断のならない月だ。最初のがんを宣告されたのは二〇一二（平成二十四）年の二月二十四日。がんの再発を告げられたのは二〇一五年二月五日である。食道裏のリンパ節にがんがあり、それが気管支にへばりついている。そのがんが気管支の壁膜を破って穿破《せんぱ》を起こすと多臓器不全で四日後には必ず死ぬという。二月二十五日、やむなく手術を受けた。

しかしその手術でのがん摘出はかなわず、穿破の危険性をかかえたまま抗がん剤治療に変更。

一日二十四時間抗がん剤を投与され、それが五日間つづく。

その間、私はベッドにしばりつけられた完全なボディである。

体力は衰弱する。それが回復するとまた活動を始める。私の精神は活動を停止したままだ。その時、私にふと閃《ひらめ》いたことがある。ベッドに寝ているのはただのボディである。活動を停止させられてやきもきしている精神こそが私自身にほかならない。この精神あってこその私だからだ。そうか。病気になるということは、病めるボディという友を得たことにほかならない。その友である病めるボディを励ますこと以外に精神のするべきことはないのではないかと私は思った。その瞬間、私の頭に『ゴースト』というイメージが立ち上った。と同時に、これで小説が書けると私は直感した。

抗がん剤治療はかなり功を奏しているようだが、穿破の危険性が去ったわけではない。だからだろうか。忙がねばという思いで私はサンデー毎日編集部のM氏に電話を入れた。

「小説を書きたくなりました。誌面の都合はつきますか?」

「大丈夫です。いつでもお待ちしております」とM氏。

「途中で死ぬかもしれませんよ」

「それはそれで何やら文学的でいいじゃありませんか」

という訳で、小説『夜の歌』の連載は六月開始と決まった。

面会終了時間の七時になると見舞いに来ていた妻が帰る。その足音がまだ消え残っているというのに、私はいそいそとワープロの蓋を開け、文章を書き始める。そんな毎日がつづいた。

小説『夜の歌』で私がやろうとしたことは、私が最初の歌を書いた若い頃から現在の小説に至る全作品の検証作業である。

『翔べ! わが想いよ』『兄弟』『赤い月』『黄昏に歌え』と自伝的作品を書いてきているのに「今ふたたびの自伝的作品」を書こうとすることは何やら屋上屋を架することになりはしないかと恐れるところなきにしもあらずであったが、そこを私はこんな理屈をゴーストに言わせて乗り越えた。「人生を真剣に生きようとする者は、過去の体験をなんどもなんども反芻する必要があるのよ。過去の体験は、その人独自の、世界で唯一無二の長大な大河小説のようなものなのよ。一回や二回読んだくらいでは理解できるはずがないわ。

るから」

（中略）人間誰しも過去の体験を脚色して保存しているから、まさに初めて遭遇したかのように新鮮に追体験することは無駄じゃないわ。それは新しい自己発見と自己創造でもあるから」

こんな考えが私の頭に浮かんだのにはやはり理由がある。アメリカの作家ヘンリー・ミラー（一八九一－一九八〇）は自伝的作品を生涯繰り返し書いた作家だが、彼は言う。「偉大な冒険とはただひとつ、自己に向かう内面的な冒険しかない。（中略）ぼくが起こったものとして思い描く以上、それらの出来事はすべて、実際に起こったものなのだ。（中略）またかりにぼくが嘘つきで有害な人物だとしても、この物語はいぜんとして真実なのだ。ぼく自身を表現することが生きるということだと発見した」（『南回帰線』）

過去の再発見の途中で、「見てはいけない。今回はここまで」とゴーストにストップを掛けられる場面がある。ゴーストは言う。「記憶世界は深い。闇よりも深い。世に稀なる作品を創造したいと思うものは、記憶の深淵にまで潜り込んでいかなくてはならない。でも、今はまだその時ではないわ」

あれから私は五年も生きている。八十一歳から二になろうとしている。私の人生は脱皮に脱皮を重ねてきたものだが、今、私の精神と肉体は脱皮の気配にときめいている。ゲーテは八十一歳で『ファウスト』を完成させ大脱皮を遂げたではないか。私もそろそろ闇より深い記憶の深淵に向かってふたたび潜るべき時かもしれない。

Ⅳ 愛する歌い手たちへ

ジェジュンとともに

平成最後の紅白を飾る北島三郎『まつり』

今年のNHK紅白歌合戦は平成最後の紅白になる。そこで平成最後の大晦日を送るにあたって演歌の大御所北島三郎さんに五年振りにご出演願って『まつり』を歌っていただきたいとNHKがお願いし、北島さんも快諾したようだ。なんとも嬉しい話ではないか。『まつり』という歌の作詩は私だと知ると大抵の人は驚くか、または不思議がる。それまでの私の作品から受ける印象から大いにかけ離れていると感ずるからであろう。それは無理もない。『まつり』以前の私の作品は『人形の家』『今日でお別れ』『夜と朝のあいだに』など、それこそ彫刻刀で細心の注意をはらって彫り上げたような精密繊細な肌触りのものが多かったのだから。たまには鉈《なた》で薪を割るような力強さで『心のこり』を書いたこともあるが、その時もやはり意外がられたものだ。しかし正直に言うが、『まつり』という歌こそが、私がいつか書きたいと願い、また書いたら失敗できないと思い、でもいつかは書いてみせると心密かに温めていたテーマだった。

北島三郎さんから初めての作詩依頼を受けた昭和五十九（一九八四）年夏、あの時がいわゆる好機到来だったのだろう。私は腕によりをかけて詩を書いた。原譲二（北島三郎）も渾身の曲を書き上げた。

歌はヒットし、その年の紅白で北島さんは歌った。大トリではなかったが、歌の評判はよかった。しかし翌年の紅白では『十九のまつり』(なかにし礼作詩・原譲二作曲)を歌っている。

北島さんは『まつり』を大変に愛し、新宿コマ劇場や明治座での『北島三郎ショー』の最終場面は超豪華絢爛たる祭り場面を様々に創出して『まつり』を歌った。それが名物となり、その評判がもたらした結果であろう。

平成五(一九九三)年の第四十四回紅白で『まつり』が大トリの歌として登場したのである。そこでまた一挙に人気が高まり、第五十回、第五十七回、第六十回と大トリの歌として出演者総出で歌われるようになった。そして平成二十五(二〇一三)年、第六十四回紅白に大トリで登場して『まつり』を歌い、それを最後として北島三郎さんは紅白を勇退することになった。そのあとは、キタサンブラックが優勝するたびに競馬場で歌っていたが、こんな時にも北島さんは電話をかけてきて、替え歌にすることの了解を律義に取るところが素敵だ。

たしかに『まつり』が誕生したのは昭和の末期であったけれど、歌そのものが人々に愛されはじめたのは平成に入ってからだ。だから、NHKが平成最後の紅白を締めくくるにあたって『まつり』を歌ってくれと言ってくるのはまったく正しいと思う。『まつり』が平成の象徴的歌になるなんて作者冥利につきる嬉しい出来事だ。

そしてまたなんと、五木ひろしさんが今年の紅白前半のトリとして『VIVA・LA・VIDA!〜生きてるっていいね!〜』という私の作品(杉本眞人作曲)を歌ってくれる。

五木さんのこの歌は、七十歳を迎えるにあたって是非、生命の賛歌のような歌を書いてくれないかとお願いされ、これもまた私ががんから生還した時以来、胸にあたためていた「生き返った時の歓喜」を心素直に表現したものだ。五木さんも共感してくれ、大変な情熱を込めて歌ってくれている。来年はスペイン語盤を世界発信する予定である。スペイン語で歌ったら、ラテン調のこの歌はもっと華やかになり、ひょっとしたら世界の人々に愛されるかもしれない。そこまで行かなくても、平成から新しい年号に変わった時、その門出を祝う「新しき時代への人間賛歌」となることを願っている。

昭和二十五(一九五〇)年、私がまだ青森の小学校六年生だった頃、それまで日本の歌謡曲というものにまったく興味を持てなかった私(とはいえ美空ひばりだけは別格であったことはこれまで何度も書いた)の耳に、なんともさわやかな風のように吹き込んできた歌があった。それはNHKラジオ「今週の明星」のテーマソングだった。

輝きよ輝きよ
今宵また美しく
若き夢とあこがれの
光の美星《みほし》よ

——藤浦洸作詩・古関裕而作曲

毎週日曜日の夕方になると、このテーマソングのコーラスがラジオから流れ出す。なんとも清潔で美しく、もう聞いてるだけで涙が出てきそうになるくらい、懐かしい歌声だった。戦争の惨禍からやっと立ち直り、さあ前へ進もうというまさに戦後日本の青春の始まりを告げる歌だった。歌というものが、いかに人々の心を慰めまた勇気づけるものであるか。私はやっとそういうことが理解できる年齢になっていた。本当にこのテーマソングは子供の私の胸に突き刺さっている。

すると翌二十六年にはＮＨＫラジオで第一回紅白歌合戦が始まった。これもまた一段と国民を鼓舞する歌番組だった。雪深い青森の町はずれの寒い家で炬燵《こたつ》に丸まって、ラジオにかじりつき、戦後歌謡を聞きながら少年の私自身もなにか奮い立つ思いにさせられていた。そして確実に日本が日一日と繁栄しているのを実感していた。

それから年月は流れ、私は作詩家となり、紅白に自分の歌が流れることを夢見るようになった。がそれは思いのほか早々と実現された。昭和四十二年の第十八回紅白歌合戦になんと私の書いた歌が四曲も登場した。人生とはまったく回り舞台のようなものではないか。以来今日まで『知りたくないの』『恋のフーガ』『天使の誘惑』『愛のさざなみ』『人形の家』『港町ブルース』『君は心の妻だから』『今日でお別れ』『心のこり』『北酒場』『風の盆恋歌』『アンビシャス・ジャパン』『櫻』など。私の作詩した歌、四十数曲が流れた。

昭和から平成へそして未来へ。新しい元号を迎えても私は歌を書くのだろうか。

ピアソラ『リベルタンゴ』の飛翔力

タンゴの革命家

私が生まれて初めて聴いた西洋音楽は兄のアコーディオン演奏によるタンゴだった。夏休みになると、東京の立教大学に通っていた十四歳年上の兄が満洲に帰郷してくる。すると日本からきている従業員たちがみんな新しい音楽を聞かせてくれと兄に懇願する。そこで兄の演奏会が始まる。

広間を二つぶちぬいて座布団をしきつめた大広間は男女の従業員たちでいっぱいになる。そこで兄は、正面金屏風《きんびょうぶ》の前の椅子に座り、学生服の前を開き、白いワイシャツをのぞかせた姿でやおらタンゴを弾きはじめる。『ラ・クンパルシータ』『ジェラシー』『碧空《あおぞら》』『夜のタンゴ』『カミニート』などを聴いてその美しさにうっとりした。

「内地ではタンゴは敵性音楽だから聴くことも、弾くことも、歌うことも、レコードを売ることも買うことも禁じられているんだ。服部良一なんかR・ハッターと偽名を使ってタンゴの曲を書いているんだぜ」と兄が言っていたが、満洲はその点は自由であった。兄は思う存分に演奏し、従業員たちはみな輝くような西洋の息吹に触れて感激の涙を流す。

そんな兄のアコーディオン演奏を私は二度聴いているが、昭和十九年には夏休みが終わるやすぐに兄は学徒出陣で陸軍航空隊特別見習士官となって出征してしまったから、私の四歳、五歳頃の話だ。だからタンゴは私にとって満洲への郷愁と哀悼と望郷の思いが入り交じった、胸痛む音楽であるのだ。

話は飛ぶが、『知りたくないの』や『今日でお別れ』などを歌ってくれた菅原洋一さんはもともとタンゴ歌手だった。菅原洋一を見出して育てたマネージャー・プロデューサーの小澤惇《あつし》さん（小澤音楽事務所社長、二〇一〇年死去）も当然のことながら大のタンゴファンであった。

その彼が、「礼ちゃん、最近のタンゴは素晴らしいよ。ピアソラって知ってる。知らないだろう。まあ、聴いてみてよ」と渡してくれたのが、『アストル・ピアソラ　ライブ・イン・ウィーン』（一九八六年、ポリドール）であった。

早速、聴いてみた。一曲目の『フラカナパ』でもう心とろけてしまった。なんだこのリズムは？　これがタンゴか？『ブエノスアイレスの夏』『ブエノスアイレスの冬』『アディオス・ノニーノ』もいいけど、なんてったって『リベルタンゴ』が凄い。この曲はのちにヨーヨー・マのチェロ演奏によって「サントリーローヤル」のCMで流れて有名になったが、そうなる前の「ピアソラ五重奏団」による演奏がまた一段と素晴らしい。この曲によってピアソラは文句なしにタンゴの世界に革命をもたらした。タンゴというアルゼンチンの民俗的な踊りのための音楽がヨーロッパに渡ってコンチネンタルタンゴになり、数々の名曲を生んだわけだけれど、ピアソラのやったことは、クラシック、オペラ、ジャズ、シャンソン、ロックなど、世界の音楽がすべて終わってしまったような現代にあって、すべてのジャンルを突き抜けて、一人、ベートーヴェンのように高々と聳えたってしまった。そんな彼の代表作が『リベルタンゴ』である。

アストル・ピアソラ（一九二一-九二）はアルゼンチンのマル・デル・プラタにイタリア移民の三世として生まれた。四歳の時にニューヨークへ移住し、十五歳まで住んでジャズに親しんでいた。アルゼンチンに戻ってからは父の開いたレストランでバンドネオンを演奏していた。その後、タンゴの音楽性に目覚め、演奏と作曲に熱心になるが、タンゴの限界にも気付きはじめる。一九五四年、留学試験に合格してパリに渡り、ナディア・ブーランジェに師事してクラシックの楽理を勉強するうちに、自分の身体に流れる血と生まれ故郷に対する愛情に目覚め、クラシックでもない、伝統的なタンゴとも違うもう一つの音楽に向かって歩みはじめる。

その作品は保守的なタンゴファンから「タンゴの破壊者」と罵られ、命まで狙われるほど毛嫌いされた。そこで再びニューヨークへ戻り、紆余曲折の末に実験的ジャズ・タンゴの編成を編み出した。それがピアソラが完成させたバンドネオン、ヴァイオリン、ピアノ、コントラバス、エレキギターによる五重奏団である。このバンド編成を得たことによりピアソラの飛躍・跳躍が始まる。そしてついに誰もが今まで聴いたことのない新しさにあふれているけれど、人の心を懐かしさで満たさずにはおかないほど古びてもいる神秘的な宇宙空間に飛び出していった。そこで彼は新しい星々を次々と発見し、全人類を有無をいわせぬほどに感動させている。それが「リベルタ・自由」と「タンゴ」を組み合わせてタイトルとした『リベルタンゴ』（一九七四年作曲）なのだ。この曲の中では、タンゴのほかにハバネラ、ミロンガ、ワルツ、サンバなどあらゆるリズムがまるで噴水のように次々とあふれ出てくる。多様性とその調和をピアソラは音楽の世界でものの見事に完成させてみせたのだ。

一九八八年七月、ピアソラはイタリアの歌手ミルバ（一九三九－）とともに来日した。ミルバは私の作詩した歌『愛のフィナーレ』（宮川泰作曲）をレコーディングし、それは映画『津軽絶唱』（一九六九年）の主題歌にもなっている。カンツォーネ歌手から見事、圧倒的な芸術性を持った歌手に変身したミルバとピアソラの共演はそれはそれは素晴らしいものだった。上手から横様に突き出した大きな樹の枝のある美しい舞台に靴も履かない素足で登場して、全身全霊で歌うミルバは歌姫《ディーヴァ》そのものだった。で、ピアソラはバンドネオンを両手にしばりつけている。まさに人馬一体、神が降臨したような演奏だった。

二〇〇八年二月、私はアルゼンチンを旅した。ブエノスアイレスのボカ地区にあるカミニート（小径）では数々のカップルがタンゴを踊っている。道行く人々は見惚れるばかり。誰も動かない。ささやき一つ聞こえない。タンゴの哀愁につつまれて日は暮れていく。

戦後最大のカリスマ矢沢永吉に『いつか、その日が来る日まで』を書く

それは二〇一八年五月の半ば、時間は午後二時頃だった。

「矢沢音楽事務所の藤田さん……」と妻。

矢沢音楽事務所？　なんだろうと思いつつ私は固定電話の子機を耳にあてた。

「初めまして……」の挨拶をお互いに交わし、話はすぐ本題に入った。

「あの、矢沢が先生にぜひ歌を書いていただきたいということで……突然のお電話で申し訳ありません」

「矢沢って、矢沢永吉さんのこと？」

「そうです」

「うーん……」

私は返事というか、言葉に窮した。私と矢沢永吉とはお互い五十年間も同じ世界にいながら接点がまったくなかった。銀座のクラブで二度ほど顔を見かけ、軽く声もない挨拶を交わしたことはある。その時のおとなしげな紳士的たたずまいを私は思い出していた。

通常は、歌手側から直接的に電話がかかってくるということはない。途中必ず、レコード会社とか音楽出版社の人が入るものだが。あっそうか、彼はレコード会社も音楽出版社も全部持っているから、話がこうなって当然なのだ。と私が納得しかかった時、

「実は、来年、矢沢は七十歳になります。そのアルバムがたぶん最後になると矢沢は思っております。そこで最後の歌はなんとしても先生に書いていただきたいと本人が強く言ってまして……」と藤田氏が言う。まるで接点がなかったのに、矢沢永吉は私の仕事に関心を持ってくれていたのか。私は病気で死ななくて良かったと思った。

「それは光栄なことですね」

「書いてくださるなら、ぜひこのタイトルでお願いしたいと本人は言っているんですが」

「どんな？」

「『いつかその日が来る日まで』というんですが……それで書いていただけますか？」

「ええっ！　本当に？」

「ええ」

「いいタイトルですね」とは言ったものの、これは大変なタイトルだと思った。自分が歌と別れる日があるだろう。自分の命が終わる日も当然あるだろう。そんな覚悟を秘めた思いをタイトルとする歌を私に書いてもらいたいとは……。私はちょっと胸が熱くなった。

私は矢沢永吉の思いを丸ごと受け止めたいと思った。

「ぼくも心境としては同じものがありますので、頑張ってみますよ。上手く行くかどうかはやってみないと分かりませんが。しかしいいタイトルですね。日本語としてはちょっと変な感じだけど」

「ええ。本人も分かっているのですが、どうしても、こう言いたいと言うのです」

「いいじゃないですか」

「ありがとうございます。実は、曲のほうはすでに出来上がっておりますので、曲先ということでよろしくお願いします」

「で、ぼくは何曲書くんですか？」

「アルバム十曲中の五曲目と十曲目です。『いつかその日が来る日まで』がラストです」

「二曲ね。分かりました。では、曲を楽しみにしてます。矢沢さんによろしく」

「はい。お伝えします。ありがとうございました」

　で、電話は終わった。

「いつかその日が来る日まで」。私はこの言葉を口の中で繰り返してみて、やはり、ロックしてるなと思った。日本語は言葉が重なることを嫌うから、語法的に正しく言うなら、「いつかその日が来るまで」か、または「までは」だろう。だがそう言うと、言葉が真ん丸に収まってしまう。真ん丸に収まるなんてつまらないじゃないか。「いつかその日が来る日まで」と言うと真ん丸な円に歪みができる。円が変形する。当たり前な世の中に疑問を投じるのがロックだとするなら「いつかその日が来る日まで」でなくっちゃならないんだ。ゆえに、より印象的になり人の心にひっかかる。私は矢沢永吉の才能を実感し、なまじっかな気分じゃいけないぞと自分を引き締めた。

　数日後、矢沢永吉の英語と日本語のまじったような、意味不明の言葉で歌われたメロディ二曲が入ったデモＣＤが送られてきた。

二曲とも素敵なメロディだった。特に十曲目にはなんとも言えない魅力があったがなかなか取りかかれなかった。いつしか冬になり、矢沢事務所から「そろそろ」と催促が来た。十二月に入って、まず五曲目を書き、十曲目を書いた。本人が歌ってみて、ちょっと直してほしいという要望があった。数回あったが、その要望には私をうなずかせるものがあった。私はその度に自己検証するようにして修正し、そしてついに完成したのは十二月十六日だった。

今年の六月十四日、矢沢事務所で、初めてのご対面をした。声の大きな明るい人、それが第一印象だ。

「この二人のコラボはみんな不思議がるでしょうね」と私が言うと、

「俺、ライヴでみんなに言うから。俺が頼んだんだって」

言葉に表裏のない、一級品の芸術家だ。

二〇一九年八月二十四日、NHK総合テレビ『ドキュメント矢沢永吉　70歳　魂のレコーディング』を観た。戦後最大のカリスマの過去を語り、現在の生き方をありありと描写した実にいいドキュメンタリーだった。

矢沢はロサンゼルスのかの有名な「サンセット・サウンド」に古き盟友ともいうべき腕っこきのミュージシャンたちを集め、こんどのアルバムの音作りをやっている。その姿は一途で、気高いほどだ。番組の最後のところで、『いつか、その日が来る日まで…』を歌った。

どんな旅も　終わる時が
かならず来る
思いがけず　遠くにまで
来たようだね
歌はわが夢　愛は祈りだ
カオスだらけの　世の中
闇に向かって　走り続ける
いつかその日が　来る日まで

「最高塔の歌」と神の降臨！

矢沢永吉コンサートの衝撃

矢沢永吉コンサートを初めて観た（二〇一九年十二月七日、国立代々木競技場第一体育館）。それはもう物凄いものだった。話には聞いていたが、それらすべてが消し飛ぶほどの衝撃であった。

今回のコンサートツアーは富山（十一月十六日）を皮切りに北海道（十九日）、福岡（二十三日）ときて、一日目の公演が終わったところで喉に異常を感じ、医師の診断を仰いだところ、ここで無理したら致命傷になると言われ、二日目を泣く泣くキャンセルした。そして回復を待つうちに浜松公演（二十七日）もキャンセル。四十七年間の歌手生活で一度も喉に異常を感じたことがなかったと言うほど生来声帯が強い矢沢は六日間の静養ののち仙台（三十日）で再びステージに立った。二日目（十二月一日）もやり抜いた。そして横浜（四日）では早《は》や本調子に戻っていたと秘書氏は言う。だから七日は楽しみにと。

このあとまだ東京（八、十日）とやり、大阪城ホール（十三、十四日）で最後を飾るんだから途方もない体力とスケジュールだ。

七日当日、私は息子の運転する車で会場に向かったのだが、近づくにつれ、会場に向かう人の数がどんどん増えていく。そう、年越とか新年の神社に向かう参道のような光景になっている。中には白いスーツ姿の男性や女性がいる。

「何あれ、白いスーツの男や女は？」。私が尋ねると、「矢沢ファンの正装ですよ」と息子が答えた。

よく見るとスーツの背中にはＥＩＫＩＣＨＩ　ＹＡＺＡＷＡのロゴが印刷されている。

「うーん、なるほど。凄いね」

このあたりから私は何か身構えるような気分になってきた。

関係者駐車場に車を入れ、楽屋口から案内され、一階最上段の車椅子エリアにパイプ椅子を並べてもらってそこに座った。ここからなら、ちょうどいい具合にステージ全体と会場の大半が見下ろせるし、観客が総立ちしても一向に視界の邪魔にならない。最高の好位置であった。

開幕三十分前、席に座って見渡すと客席数七千人の会場がもうぎっしり、待ちわびていた今日この日がついに来たと、みな幸福そうな笑顔を浮かべ近くの人々と楽しげに会話を交わしている。男性七割女性三割か。年齢は団塊の世代以下を中心にその前後といった感じだ。

開幕二十分前になると、会場がにわかに騒然としてきた。あっちで数人こっちで数人と白スーツの観客が立ち上がり、調子をつけてなにかわめいている。

「あれは何を言ってるの？」

「永ちゃん、永ちゃんって叫んでいるのですよ」と息子が言う。

なるほど、よく聞くと、ファン正装の白スーツの男や女が立ち上がり、右手と左手で交互に天を指して「永ちゃん、永ちゃん」とひとしきり大声を上げ、自ら拍手して終わる。すると別の方角の白スーツが数人立ち上がり、同じことをやる。そのリズムは三拍子で、まるで日蓮宗のお題目のようにも聞こえる。

ああ、これは神を迎える儀式なのだと私は納得する。

この神を迎える儀式が一段と高まっていく。「永ちゃん、永ちゃん」の声が大合唱になる。

いよいよ、開幕の時が来た。すると場内が真っ暗になる。うっと息を止めて神の降臨を待つ群衆。しわぶき一つ聞こえない。

シーン！　ややあって、ガーン！という音楽と同時に照明がつく。正面中央に矢沢永吉が立っている。まさに神の降臨だ。場内騒然。ロックが鳴る。プロセニアムには二重の額縁が作られていて、それは赤、金、緑と様々に色を変えるが、何かしら神社の鳥居を連想してしまう。

矢沢は白のブラウスに黒のベスト、ファスナー飾りのついた黒パンツ。肩の力の抜けた独特のポーズで両手をだらりと下げ、その手をひらひらさせ、やや腰を振る。これがまた色っぽい。

短いイントロが終わると、白いマイクスタンドを握りしめ歌いだすとまたまた場内騒然。

声の調子は問題ないようだ。

何を歌ったかって？　それは言わぬが花だろう。ライブはまだまだつづく。ライブに予定調和はタブーだ。

矢沢の歌は全曲彼の作曲編曲であり、バンドの編成もステージの演出もすべて彼だ。ステージ奥中央に大型スクリーン、左右の袖に縦長のスクリーンがそれぞれ設置されていて、そこに矢沢の顔のアップ、立ち姿を映し出す。その映像がまた綺麗なのだ。カメラは正面に一台、ステージ奥に一台、移動カメラが左右に一台ずつ、遠景用のカメラ一台、およそ五台のカメラが縦横に矢沢を追いかけ、微細に撮影する。

いつの間にか矢沢は黒いベストを脱いで白のブラウス姿になっている。もう汗びっしょりである。声も最高音まで出しきる。矢沢とファンは熱い愛の交歓をしているが、決して矢沢はそれと馴れ合ったりしない。ファンの熱量を全身で受け止め、それをわがものにし、そしてそれ以上の熱量を投げ返すのだ。こんな美しい戦いを見たことがない。

歌の間は静かに聴いているが、間奏となると、音楽のリズムに合わせて「永ちゃん」コールの大合唱が延々とつづき、これはまさに群衆の魂の解放の叫びである。「トラベリン・バス」と「止まらないＨａ～Ｈａ」の時、群衆は大きな色とりどりのタオルを宙に向かって投げ上げるのだが、巨大な花畑がうごめくようで壮観といったらない。

私が作詩した「いつか、その日が来る日まで…」はコンサートの終わり近く、満天の星のもとで歌われたが、絶品のできだった。

この燃えるようなステージと観客との愛ある戦い。真剣勝負、そして常に勝つ力。

日本のエンターテイナーとしてはまさに「最高塔」に上った人と言い切っていい。この恍惚と陶酔、興奮と清潔さは、かの美空ひばりも石原裕次郎も到達しえなかった高みであろう。

最後に矢沢は素肌に白いスーツ、白ハット、神の本体として登場する。祝祭は頂点に達する。

矢沢は歌う。ロックをひた押す。ロックの魂を震わせる。その歌は群衆の心を星空に向かって解き放つ。群衆はみな弾ける笑顔だ。

ジェジュンの美しい挑戦

今この時に、日本の歌のカバー!

うちには毎月たくさんのサンプル盤CDが各レコード会社やプロダクションから送られてくる。ほとんどが私の作品のリメイク盤だが、中にはそうでないものもある。その中に、韓国人歌手ジェジュンの最新CDが入っていた。ジェジュンは二、三年前から日本に活動の場を移していると聞いている。シングルは二枚出していて、一つ目はオリコンヒットチャートの二位、二つ目は三位と健闘している。二〇一九年四月に発売したアルバム『Flawless Love』は同チャートの一位を獲得しているようだが、も一つパッとしない。それが気にかかっていたのだが、今度のCD『ラブ・カバーズ』は日本の歌のカバーでまとめてあった。さて、どんな仕上がりになっているのだろうと、ちょっと食指が動いた。ところがなんと一曲目、中島美嘉の『愛してる』を聴いた瞬間、心を鷲づかみにされてしまった。

さりげない歌い方なのに、聴く者の心に真っすぐ飛び込んでくるのだ。こんな歌い方をする歌手に初めて出会ったような思いがした。いろいろと記憶の中をまさぐってみるのだが、こんな驚きを与えられた歌手はいなかった。私は座りなおし、真剣に聴きはじめた。

このアルバムにはほかにドリームズ・カム・トゥルーの『未来予想図II』、宇多田ヒカルの『First Love』、玉置浩二の『メロディー』、スキマスイッチの『奏《かなで》』、浜田雅功と槇原敬之の『チキンライス』、尾崎豊の『Forget-me-not』などの曲が入っているが、そのどれを聴いてもきわめて清新な印象を与えられる。

その理由はジェジュンの歌唱法がまさに発明品であるということだ。かつてほかの歌手が歌いひろめた歌をとりあげて、その歌を再創造するということは極めて困難な仕事なのだ。本来、誰もやりたがらない。やっても成功することは稀であるし、たとえ成功したとしても創唱者ほどの栄誉は与えられないことは常識だからだ。

ところがジェジュンはそれに挑戦して見事に成功させている。ジェジュンの歌へのアプローチと解釈、そして斬新なアレンジが既成の歌に真新しい命を吹き込み、再生させた。ジェジュンの歌を聴いていると、最初に歌った歌手に乗り移るような節回しを感じさせつつ、歌がジェジュンの歌そのものとなり、まったく予想を超えた姿形となって青空を飛翔する様が眼に浮かぶ。こんな奇妙で嬉しい体験をさせられるとは日本のジェジュンファンも予想しなかったことだろう。このアルバムがオリコンヒットチャートの一位に輝いていたことは、日本じゅうがジェジュンの挑戦に拍手を送っていることの何よりの証拠だろう。

ジェジュンはもともと東方神起（東方の神が起きる、という意味）の結成メンバーであった。メンバーはユンホ（リーダー）、ユチョン、ジュンス、チャンミン、そして当時まだ十七歳のジェジュンの五人だ。シングル『HUG』でCDデビューしたのが二〇〇四年。新人賞を総ナメにし、コンサートでは数万の観客を集めるほどの人気者になっていた。その頃から、彼ら五人の歌は美声であるだけでなく、男性的な魅力にあふれるセクシーなものので、特にダンスは若者言葉で言うところのキレッキレで見ていて気持ち良かった。しかし、二〇〇五年に『Stay With Me Tonight』でエイベックスから日本デビューしたこの曲は、日本を意識しすぎてか、どこか歯切れが悪く、熱狂的なファンはともかくとして、一般的な人気はさほど高まらなかった。

しかし彼らは日本征服をあきらめなかった。まず日本語をマスターし、武道館での二日連続公演を成功させ、二〇〇八年にはシングル『Purple Line』でオリコンチャート一位を獲得。その年のＮＨＫ紅白歌合戦に出場。つづいてアルバム『The Secret Code』で日本レコード協会からプラチナ認定を受けた。そして東京ドームでの二日連続公演を成功させた。東方神起はまさに東方に起きた神のごとくアジアの各都市を制覇していった。

ところがここに分裂事件が発生する。内容について語る資格を私は持ち合わせないが、ジェジュン、ユチョン、ジュンスはＪＹＪとして活動を始め、東方神起はユンホ、チャンミンの二人でつづけることになった。

ＪＹＪの活動は思うようにいかなかった。それはそうであろう。なにが原因であれ、分裂したあと弱い立場のほうが四方八方から圧力を受けるのが芸能界の習わしである。

ＪＹＪはおよそ十年間、メディアへの露出がほとんどなかった。だが日本のファンは根強く応援し、東京ドーム三日連続公演を成功させるほどだった。それでも厳しい状態はつづいている。ＪＹＪの三人はそれぞれ単独で活動しはじめた。ジュンスはミュージカル

『モーツァルト!』『エリザベート』『ドラキュラ』『デスノート』などの主役をやり、大成功をおさめ、その後兵役についたが、それも終わった。ユチョンはドラマ『トキメキ☆成均館スキャンダル』『屋根部屋のプリンス』、映画『海にかかる霧』などで活躍し、俳優としての地歩を固めつつあったのだが、薬物使用の罪で有罪判決を受けた。ジェジュンも兵役に行った。帰って来たジェジュンは日本で歌手活動する道を選択した。

大手プロダクションとの提携も決まり、今回のアルバム発売を機に、活動をさらに本格化させるという。

日本の歌が韓国人歌手によってカバーされるということには深い意味がある。日韓両国の間に流れた長い歴史、愛と憎しみ、政治的な対立、それらすべてを超えて、一人の歌手が深い愛を込めて日本の歌を再生させていくというこの行為は、どんな言葉にも優る友好と連帯の象徴であろう。ジェジュンのこの挑戦が大成功することを願ってやまない。

ジェジュンに会った。写真も撮った。その好感度に参った。

ヨーヨー・マとジェジュン

二人のアジア人芸術家の愛と愛

一九八一年十一月、ヨーヨー・マが初来日し、倉敷コンサートで堀米ゆず子（ヴァイオリン）とブラームスの『二重協奏曲』を弾いた時、私はそれを聴いている。そしてその夜、堀米ゆず子の紹介で、とある旅館でマ氏と軽い食事をしながら話をした。その時、あまりに素晴らしかった演奏にやや興奮しながら、「あんなにも見事にヴァイオリンとチェロが濃密にからまり合うと、何か嫉妬のようなものを感じますね」と言ったら、「そんな風に音楽を聴いてくださると嬉しいですね」とヨーヨー・マは応じ、そしてニッコリと笑った。その笑顔の温かさと柔らかさといったらなかった。こんな自然な笑顔を見たのは初めてだった。ヨーヨー・マと言えば、その笑顔が常に目に浮かんでくる。

一九五五年生まれのヨーヨー・マは指揮者であり作曲家でもあった父の手解《てほど》きで四歳の時、バッハの『無伴奏チェロ組曲』の「第一番」を一小節ごとに習い始めた。「それ以来、バッハの『無伴奏チェロ組曲』は常に私の人生の音楽的伴侶となった。六十年近くの間、この『組曲』は辛い時や華やかな祝いの時も、喪失の悲しみの中にある時も、私を支え、慰め、喜びをもたらしてくれた」と彼は言う。

両親はともに音楽家の中国人である。ヨーヨー・マはパリで生まれ、五歳でデビューした。七歳の時にニューヨークに移り住み、ジョン・F・ケネディ大統領の前で演奏し、八歳でレナード・バーンスタインのテレビ番組に出演し、その天才ぶりを発揮した。ジュリアード音楽院では、教師から「君に教えることはもう何もない」と言われて中退、コロンビア大学を経てハーバード大学で「人類学」の学位を取得して卒業した。

そもそもこの『組曲』の発見者である音楽的英雄パブロ・カザルスのその偉大さと崇高さの呪縛からいかにして逃れるか、ヨーヨー・マは苦闘した末、なんと一九八二年、二十六歳で『組曲』を録音した。その演奏は初々しいものだが、そこには自らがカザルスの偉大さから解き放たれた自由があふれているばかりでなく、バッハ自身がカザルスのもたらした崇高さの呪縛から解放された喜びを歌っているかのようだった。

ヨーヨー・マの『組曲』との旅はまた新しい風景に出会う。一九九四年から九七年にかけて、世界の名だたるアーティストたち（庭園デザイナー、映像ディレクター、ダンスカンパニー振付師、映画監督、歌舞伎俳優の坂東玉三郎、アイスダンスのペア）とコラボレーションして『インスパイアド・バイ・バッハ　無伴奏チェロ組曲（全曲）』のＣＤと映像作品を完成させた。まず各アーティストにその人の好きな曲を選んでもらい、その人の解釈とヨーヨー・マ自身の解釈とをぶつけあう。科学、宗教、哲学、文化のつながりを探求しあう。アーティストは全員がものすごく豊かなイマジネーションを持った才能あふれる人たちである。やがて両者の意見が溶解し混じりあい、一つのまだ見ぬイメージへとふくらんでいく。そしてヨーヨー・マが知ったことはバッハのこの『組曲』は特別な人のためのものではなく、万人のものであるということ。他者の解釈と表現に影響を受け、それを己れの体験として内面化し、さらなる新しい美へと昇華させることも一つの解釈である。この発見によりヨーヨー・マは『組曲』に対するさらなる自由と愛を獲得する。「共同作業は二年以上にわたり、終わる頃には、私の作品解釈のしかた、演奏のしかたはもう以前と同じではなかった。それはこれまで生きてきた中で最も心はずむ、元気が湧くような体験の一つだった」（ライナーノートより）

六つの映像作品は、そのどれもが新しいイマジネーションを創造し、息をのむほど美しい。『第二組曲』の「監獄の響き」も圧巻ではあるが、特に「希望への苦闘」と名付けた『第五組曲』での坂東玉三郎とのコラボは秀逸である。玉三郎はこの作品で一九九六年、リヨンにおいて「ダンススクリーン96」のグランプリを受賞している。

そしてヨーヨー・マは二〇一七年に三度目の録音をしている。それには『シックス・エヴォリューションズ』の副題がついているが、これがヨーヨー・マがその音楽人生をかけて研究した『組曲』の集大成である。そこには今までのどのチェリストも試みたことのない無限の美しさがある。バッハ自身がバッハから解放され、チェロが歓喜に全身を震わせて鳴り響いている。

ここに至るまでには『ヨーヨー・マと旅するシルクロード』（ドキュメント映画として二〇一五年公開）という貴重な体験がある。ヨーヨー・マは「音の文化遺産」を世界に発信するために「シルクロード・アンサンブル」を立ち上げた。シルクロード近隣の国々で活躍する音楽家たち五十人を一堂に集めて、様々な歴史的、文化的、政治的事情を背負った音楽家たちと異文化クロスの一大実験をするのだが、結果は、各々がそのアイデンティティを確立しつつ多様性を獲得していく感動的なものとなる。そこには世界で唯一無二の表現が立ち上がり、誰もが初めて聴く一期一会の音楽と、人間であることの奇蹟的な喜びが湧きかえる。

ヨーヨー・マを大いなる愛にあふれた「光のキリスト」にたとえるなら、「夜のキリスト」とも言うべきもう一人のアーティストがいる。それは韓国の歌手ジェジュンだ。彼のニューアルバム『愛謡《エヨ》』を聴いた。これは歌というよりは魂の慟哭である。個人に閉ざされているが、世界的な普遍性がある。ここには、胸にあふれる愛を抱きながらも、ついに理解されることなく十字架に釘打たれたキリストの孤独と悲しみを思わせる受難がある。風すさぶ夜の砂漠の闇の中で、神に語りかけ、神の沈黙に耐え、寒さに震えながらも愛を叫ばずにはいられない人間の宿命。

　宇宙にただよう塵のようだ
　存在するけれど存在しない
　僕の姿は誰にも見えない

ヨーヨー・マとジェジュン、二人のアジア人芸術家は、人間とは「愛ある者」であることを切実に教えてくれる。

VI 愛は魂の奇蹟的行為である

Ⅰ　うしろめたさの沼

一九四五年八月十一日夜、
母の機転で私たち家族（父は不在）は
駅から離れた闇の中にひっそりと蹲《うずくま》る
軍用列車の最後尾に潜《もぐ》り込んだ。
青天《せいてん》の霹靂《へきれき》のごときソ連軍機の大爆撃。
牡丹江駅に殺到した数万の居留民。
避難列車を早く出せ！　もっと早く出せ！

怒号と悲鳴、駅前広場は阿鼻叫喚《あびきょうかん》の渦だ。
それら群衆の悲痛な声を尻目に
列車は盗人の忍び足で発車した。
客車を埋める軍人とその家族は私たちを睨《にら》む。
うしろめたさに歪《ゆが》んだ顔で睨む。
なあに軍人さんたちが逃げるんだから
私たちが逃げる罪なんて軽いものよ。
母は顔を歪めてうそぶいた。
牡丹江が遠ざかる。群衆の声も薄れる。

私の心は鉛のごとく重くなる。
人を出し抜いてまで生きることの
うしろめたさの沼に私は落ちていく。

II　失われし人たちへの鎮魂歌

六歳の私が抱いたうしろめたさは
日本人のすべてが抱いていた筈《はず》のものだ。
しかし令和となるや日本人は

うしろめたさを忘れたふりをしはじめた。
平成の天皇が身をもってしめされた
反省と慰謝と平和への思いが
日一日となおざりにされていく。
日本人の宿痾《しゅくあ》
——自惚《うぬぼ》れが鎌首をもたげる。
近隣諸国への傲慢な対応。
ネットにあふれる声高なヘイトスピーチ。
日本人全体が民主主義から後退していく。

対話なしに物事が解決した例《ためし》はない。
対話とは妥協に至る道であり、
妥協とは外交の美しき芸術《アート》である。
なのに日本は原理原則を譲らない。
世界が見ている。そのことさえ忘れて。
生きていればうしろめたさはつきまとう。
うしろめたさは恥の意識にほかならないが、
恥こそが人間の最も人間らしい感覚なのだ。
それは弱者との通路になり、

闇の中にいる人たちへの炬火《きょか》となり、
畢竟《ひっきょう》するに己を知る道ともなる。
韓非子《かんぴし》は『亡徴《ぼうちょう》』編で言った。
「過ちを悔いることなく、自惚れ、隣の国を
軽視する場合、その国は滅びるであろう」
日本の愛なき外交に私は慄《おのの》く。

Ⅲ 即位礼正殿の儀

各国要人を招いての盛大な朝儀。
令和の天皇が皇位継承を内外に宣明された。
つづいてお言葉を述べられる。
「憲法にのっとり……」 私は違和感を覚える。
「憲法にのっとり」 とはすなわち
日本国憲法がいかなる憲法に変わろうとも
その憲法に従うという意味だ。

「日本国憲法を遵守し」という言葉によって
政府の改憲の動きに対してかたくなに
否の姿勢を貫いてきた平成の天皇のご意思が
崩れかけたかに思えた。
首相による万歳三唱。つづく要人たち。
天皇崇拝によって己の権力を誇示してみせる。
日本人はこの不思議な形式が大好きだ。
一方。ラグビーW《ワールド》カップ日本開催の大成功。
日本代表チームベスト8。史上初の快挙。

南アフリカチームは三度目の優勝を果たした。
ネルソン・マンデラ大統領は
「ワンチーム・ワンカントリー」と言って
アパルトヘイトに苦しんだ国を一つにした。
虐待と苦難に対する高いモラルによる返礼。
マンデラの奇蹟の再来のような優勝だった。
スポーツは人間を歓喜と恍惚《こうこつ》に酔わせる。
一八九六年に始まった近代オリンピックは
古代ギリシャのオリンピアの祭典にならって

人類の平和と友好を高らかに歌うはずだった。
それがヒトラーのナチス宣伝活動に利用され、
今また米ＮＢＣによって牛耳られている。
理想は常に強欲によって堕落させられる。
この暗澹《あんたん》たる空気に包まれている時、
これ見よがしにミサイルが発射される。

IV　愛しかない時

君、君はうしろめたさから
目をそらしていやしないか？
人間なら、一度はやってみたほうがいい。
うしろめたさの沼にどっぷりと
身を沈めてみることを。
そして沼から這《は》い出してみると、
憎しみや怒りや嫉妬や軽蔑が

すっかり洗い流されていることを知るだろう。
うしろめたさは実は愛なのだ。
もはや君には愛しかない。
愛しかない時、
人は優しくなるだろう。
愛しかない時、
人は人を許すだろう。
君の愛を憎しみで汚《けが》すな。
愛を怒りの炎で燃えあがらせるな。

遠い国の人を自分自身のように愛する。
はるかな過去の人を恋人のように愛する。
まだ見ぬ未来の人を家族のように愛する。
海峡をはさんだ国を故郷のように愛する。
そんなことできるかって?
できるさ。古来、詩人はみなそうしてきた。
だから、芸術は今なお人に愛されているのだ。
千年前の物語や二百年前の音楽に
君だって事実、感動してるじゃないか。

ロシアの本を読んで涙を流す。
ドイツの音楽を聴いて光につつまれる。
スペインの絵を見て魂をえぐられる。
すべては愛がもたらす恩寵《おんちょう》なのだ。
中野重治は『雨の降る品川駅』で
朝鮮人の同志たちを涙で見送った。
ジェジュンは『Love Covers』で
日本の歌たちを日本語でカバーした。
どちらも愛という魂の行為にほかならない。

時間を超え海峡を越えてそれらは響きあう。
愛しかない時、奇蹟的な閃《ひらめ》きが生まれる。
愛しかない時、君は君以上の人になる。
愛しかない時、君は魅惑的な人になる。
愛しかない国は世界の国から愛される。
愛しかない国は理想の国になれるだろう。
どんな兵器よりも、どんな権力よりも強いもの
それは魂の奇蹟的行為、愛しかない。
愛こそ魂の奇蹟的行為なのだ。

VII わが魂の音楽

マイ・ラスト・ミュージック

五嶋みどり「シャコンヌ」

この九月二日で私は八十歳つまり傘寿になった。裕次郎さんが歌ってくれた『わが人生に悔いなし』ではないが「たった一つの星をたよりに　はるばる遠くへ来たもんだ」の感慨はやはりある。

私は自分の人生を振り返ってみて、三度死に損なっている。というか、三回命拾いをしていると思う。一度目は戦争であり、ソ連軍の爆弾や銃弾が私のそば近くで炸裂し、貫通し、人の死を数多く見たにもかかわらず、いや、ピストルの銃弾が私の右耳をかすめていったこともあるが、なぜか私は無傷で生き延びた。二度目は平成四年の心臓発作であり、臨死体験までしたが、これも生き延びた。三度目はがんであり、再発がんの時は、まさに明日をも知れぬ身となり、本気で、死に支度というか「旅立ちの準備」を始めたものだ。

二〇一五年四月一日、私は妻をともなって鎌倉の瑞泉寺に行った。四十歳を過ぎた頃、私は北鎌倉に居を構え、作家久米正雄先生の息子さんと知り合いになり、その方の紹介で瑞泉寺に墓所を得ることができた。簡素で美しいたたずまいの臨済宗の寺である。鈴木大拙の愛読者としては願ってもない寺であった。私はそこに墓と五輪塔を建て、兄から分けてもらった父と母の骨を納めた。父の場合は骨などはなく、足の指の爪や毛髪の一部であるが。で、自分も将来はここに入って眠るつもりでもあった。

和尚さんと葬式について話し合った。

話の分かる和尚さんはにこやかに言う。

「もし、亡くなられた時は、いったん家に帰らず、そのまま寺に持ってきてください。そこで密葬をやってしまいましょう。東京の焼き場は混んでますから逗子の焼き場のほうがスムーズに行くでしょう」

密葬は内々だけで済ますことにした。

「戒名はどうしましょう」と尋ねると、

「なかにしさんの戒名は私どもではつけにくいですねえ。ご自分でつけてください」

と意外なことを言う。

「鈴木大拙先生の戒名はちなみになんというのですか?」

「大拙先生の戒名は也風流庵大拙居士です。無風流もまた風流なりという禅の言葉から来ています。ねっ、いいでしょう? なかにしさんもご自分の人生を象徴するような思いを字として表してみたらそれでいいんです。どうぞ、お好きなようにつけてください」

そう言われて、後日、私は自分の戒名を作って、和尚さんに電話で意見を聞いた。

「いいじゃないですか。それで行きましょう」

なんとも話の分かる和尚さんである。

私の戒名は、無礼庵遊々白雲居士である。

無礼もまた礼に通ずという禅的な解釈をしてくれてもいいし、無礼そのままに受け止められてもかまわない。私はこの世の礼を無視して自分の価値観が決めるがままに生きてきた。そして絶え間なく遊ぶがごとくに生きてきたから遊々である。白雲とはなにか。それは私が愛してやまないボードレールの詩「異邦人」から来ている。

異邦人は言う。「私には父も母も兄弟もいない。友達なんてその意味すら分からない。祖国？　そんなものどこにあるんだ。美？　不死身の女神なら愛しもしよう。金？　神も嫌いだが、金はもっと嫌いだ。ならば一体なにが好きなんだ謎めいた人よ？　私は雲を愛する。ほら、あの空にうかんでいるあの素晴らしい雲を」

中学三年の冬、永井荷風の『珊瑚集』というフランス象徴詩アンソロジーの中で読んだ「腐肉」以来、私のボードレェル愛はいまだにつづいている。それが白雲となった。

そこまで覚悟を決めたにもかかわらず、なぜか私は生き延びた。そして今、心身ともに健全なまま八十になった。が、「旅立ちの準備」については日夜頭からはなれない。

私の旅立ちをともにする「マイ・ラスト・ミュージック」はなにがいいかといつも考えているが、そのうち簡素な葬儀ならやるのも仕方ないかと気が変わるかもしれないし、いくらこちらがやらないと決めていても、やはり誰かが言い出して、お別れの会とか偲ぶ会をやってくれる場合もあるだろう。その時のために「マイ・ラスト・ミュージック」を決めておかないと何を流されるか心配でならない。私のヒット曲を延々と流されたら、私の旅立ちはあまりに当たり前なものになる気がする。

旧満洲（現・中国東北部）で生まれ、引き揚げ船で日本に渡ってきた身としては、やはり島崎藤村作詩、大中《おおなか》寅二作曲の名曲『椰子の実』もはずしがたいのだ。「名も知らぬ遠き島より流れ寄る椰子の実ひとつ」とはまさにわが身のことであり、私の人生はそこから始まった。それは確かだが、そこにこだわるのはあまりに感傷的ではないか。私の人生はその後のほうにこそ沢山の意味がある。

そしてついに、最近になって「マイ・ラスト・ミュージック」は決定した。それはあの「シャコンヌ」のあるバッハの『無伴奏ヴァイオリンのためのソナタとパルティータ』である。演奏は五嶋みどり。この曲のCDなら私はハイフェッツ、メニューイン、シェリング、カントロフ、ミルシテイン、グリュミオー、シゲティ、パールマンと持っていて、何度も聴き比べてみたが、五嶋みどりがピカ一である。ほかの人の演奏は力が入りすぎている。つまり自己主張が強いのだ。五嶋みどりのは素晴らしい。全身全霊でバッハの音楽の中に飛び込んでいき、そこでまるで邪心なく自由にしかも正確に音楽と一体化している。透明でいながら輝いている。もうこれに決めた。西洋音楽と日本人の演奏という取り合わせもいい。

死ねば無であり、その旅立ちは真っ暗闇であろう。それでも人生の終わりをともにする音楽はあってほしいものだ。あの「シャコンヌ」を聴きながら真っ暗闇を行く。いいじゃないか。今から楽しみである。

マイ・ソウル・ミュージック

長唄『勧進帳』

人には誰でもソウル・ミュージック（魂の音楽）というものがあるだろう。むろん私にもある。そんな話をしたい。

昭和十三（一九三八）年九月に私は旧満洲（現・中国東北部）の牡丹江市に生まれたのだが、その時の状況はもちろんのこと、その後の二、三年についてはなんの記憶もない。生後百日目に撮られた自分の写真を見て、ははん、こんな顔をしていたのかと思うのが精一杯であり、二歳の頃、写真館で撮った写真を見て、なんとなく今の自分につながる雰囲気はあるなと素直に思うだけだ。その写真から漂ってくる雰囲気から類推するに、その頃のわが家は事業に成功したいわゆる金持ちだったらしい。

十九世紀フランスの政治家で『美味礼讃』を著した食通でも知られるブリア・サヴァランの説をかいつまんで言うと、「瀕死者は、記憶を失い、言葉を失い、うわ言を言い、やがて感覚が失われていく。しかし感覚は順序よく正しく消えていく。嗅覚がなくなり、味わわなくなり、見えなくなる。だが、耳はまだ音を感じる。それゆえに古代の人々はほんとうに死んでしまったかどうかを確かめるために、死者の耳もとで大きな声で叫ぶのを習慣としたのであろう。聞こえなくなったあとでも触覚は残る」（岩波文庫）。

ということは、失われていく感覚を逆にたどっていけば、人間が感覚を手に入れていく順番になるということだろう。科学的根拠はないが……つまり、最初に「触覚」が覚醒するということだ。

最初に覚醒した私の触覚は何に触れていたのであろう。

韓国人の乳母、乳母といっても母乳を飲ませるのではなく、瓶入りの牛乳を私に飲ませ、寝かし付ける人、添い寝係と言えばいいか。その若い娘の歌う朝鮮の子守歌もかすかに記憶の底にあるが思い出せない。だが、私の指の先は若い乳母の肌の感触をはっきりと覚えている。やわらかくて、なめらかで、あたたかくて、ふわふわしていて、泣きたくなるような甘い匂いのする心地好いものだった。

生まれて初めて、私の脳に意識の灯がともり、触覚が覚醒した時、私は若い娘のむきだしの肌に抱かれていたということだ。この娘が、私が初めて触れた人間であった。この経験は、その後の私の人間観や女性観に大きく影響したに違いない。

この娘の添い寝は私が生まれてすぐに始められ、昭和二十年八月ソ連軍が侵攻して来る日まで、つまり六歳いっぱいまでつづいた。その乳母は日本名で愛子《よしこ》と呼ばれていたが、四歳頃から私は愛子の若さと美しさを十分に意識し、夜になるのを心ひそかに待ちわび、寝室のある二階に連れていかれる時は、顔が赤くなるほど胸躍らせたものだ。

私は努力していつまでも目覚めていて、愛子の肌の感触と匂いに酔いしれていた。愛子は私のなすがままだった。優しい娘だった。

そのうち、私の耳に大人たちの歌う歌が聞こえてくるようになった。私の部屋は二階にあり、階下の歌声はざわめきとともにややくぐもった感じで言葉は不明瞭であったが、なんども聞いているうちに聞き取れるようになった。日本から来ている酒造りの杜氏《とうじ》たちが社長である私の父親からのふるまい酒に酔って歌っているのだ。『国境の町』『誰《たれ》か故郷を想わざる』『人生の並木路』、この三曲が定番で、杜氏たちは酔うたびに歌った。そして最後には、歌声はすすり泣きに変わった。

「ああ、日本に帰りたいな。日本はどうしてるかな」、これがまた彼らの口癖だった。

この言葉を聞いて初めて私は、日本という国から遠く離れた満洲の地で暮らしているのだという事実を知った。

私には十四歳年の離れた兄と七歳年上の姉がいる。兄は東京で大学生活をしていて、夏や春の休みの時期にはかならず帰ってきた。帰ってくれば得意のアコーディオンでタンゴを弾いた。その音楽の響きは幼い私の耳にも華やかに聞こえ、私はまだ見たことも聞いたこともない異郷に想いをはせた。また姉は日舞を習っていて名取でもあった。父はそれが自慢で、娘を連れて関東軍の駐屯地に再三慰問に赴いた。私の家は芸能が大好きだった。父も母も歌舞伎のファンであり、父は七世松本幸四郎、母は十五世市村羽左衛門に熱を上げていた。昭和十八年頃、二人は新京（現・長春）まで汽車で出て、そこから飛行機をチャーターして東京へ、この二人の名優が演ずる『勧進帳』を歌舞伎座まで観にいったものだ。

母は若い時分から三味線を習っていたものらしく、私の記憶が明瞭になった頃には相当な腕前であった。というわけで、広間の電気蓄音機から『勧進帳』はもとより長唄や清元、常磐津が聞こえてこない日はなかった。

兄が帰ってくると話は一層盛り上がる。兄も姉も歌舞伎のファンであるから、二人で『勧進帳』の弁慶と富樫の問答を丁々発止とやりだす。「そもそも、九字の真言とはいかなる義にや、事のついでに問い申さん。ささ、なんと、なんとー」と姉の富樫が問い詰めると、「九字の大事は神秘にして、語りがたきことなれど……」と兄の弁慶は幸四郎の声色を使ってやる。それは見ていてうっとりとする光景であった。

私が五歳くらいになると、「禮三、お前、判官《ほうがん》（義経）やってみろ」と兄に言われ、私もいつしか覚えた台詞《せりふ》「いかに弁慶、道々も申すごとく……」とそれらしく言ってみると、「ようよう、上出来、上出来」と褒められ、それ以来すっかり『勧進帳』にはまりこんだ。それはいまだにつづいている。

私のソウル・ミュージックは長唄『勧進帳』にとどめを刺す。つまりこの魂の音楽が私の精神生活の最初の種子ということになる。そこから芽がで、枝がのび、花が咲く。思えば神秘なことだ。

今では十二世市川團十郎の弁慶、片岡孝夫の富樫のＣＤ『勧進帳』が夜毎の子守唄だ。

大地の子の音楽的めざめ

私たち満洲育ちの子供たちはなにを歌っていたか。今思い返してみると、かなり貧弱な音楽的環境に置かれていたことは確かであり、愛着のある歌は一つとして思い出せない。

第一に、満洲国は五族協和、王道楽土の「理想国家」とされていた。平和が暗黙の約束事項であったから、町中を関東軍の兵士たちが闊歩《かっぽ》したり、戦車や武器弾薬が移動する場面を見ることはほとんどなかった。こうして静謐《せいひつ》を保つという態度は国境を隣り合わせているソ連にたいするいわば牽制であり、われら満洲はかくも平穏な生活を営んでいて、国境を侵そうなどという意志は毛頭ないという示威行為の一つであったと思われる。

だから、円明小学校に上がっても軍事教練めいたものは一切なかったし、軍歌を歌うこともなかった。まず校歌を習った。一番だけなら今でも歌える。

光あまねく天に地に
笑《え》まいを望みを満たす日の
円《まど》けき明るさわが誇り
名もよき学舎　円明の
教えに励む我らかな

赤誠尽忠誓いては

結局、天皇陛下に忠誠を誓う内容であったが、教育勅語はなかった。満洲は大満洲帝国であって、その皇帝は愛新覚羅溥儀《あいしんかくらふぎ》である。日本の天皇ではない。しかし私たちは日本人であって満洲国民ではなかった。学校の講堂には皇帝溥儀の写真の隣に、より大きな天皇皇后両陛下の御真影をかかげているといった按配《あんばい》である。満洲国は奇妙な国家で、国家という名目と枠組みはあっても、国民が一人もいなかった。満洲国に住む者はそれぞれ日本人であり、中国人、朝鮮人であった。満洲国の国旗と紙幣はあったが、憲法も国歌も国勢調査もなかった。つまりは法律らしきものもなかった。満洲国は日本の関東都督府の発展した関東軍司令部(新京)の思惑ですべてが流れていた。つまり満洲に住む日本人居留民は満洲と日本という二重思考のもとに生活していたのである。

普通なら、小学校に入るとすぐに小学唱歌というものを教わる。私たちも教わった。ところがこの唱歌たるものが、満洲の子供たちにはほとんど意味不明なのである。うさぎおいしかの山　小鮒《こぶな》釣りしかの川、の『ふるさと』も、春の小川はさらさらいくよ、の『春の小川』も、菜の花畠に入り日薄れ、の『おぼろ月夜』も、しずかなしずかな里の秋、の『里の秋』もなんのことを言っているのかさっぱり分からない。そういう風景を見たことがないから共感できないし、また想像することもできない。満洲は平野であり、山々は低く遠くにあった。そこには狼や山猫がいると教えられていた。川は大河であり、鯉よりも大きな魚が釣れた。冬には凍って道になった。生徒たちがあまりに気のない歌い方をするので、先生のほうから教えることを諦めてしまう。その頃、満洲唱歌と称して百曲ほど作られたらしいが、『ペチカ』（北原白秋作詩、山田耕筰作曲）くらいが印象に残っているかな。あとは記憶にない。

学校が懸命になって教えようとして毎日歌わされたのは『わたしたち』（園山民平作曲、作詩者不詳）という面白くもない歌だった。

寒い北風吹いたとて
おじけるような
子供じゃないよ
満洲育ちのわたしたち

あとは大人たちの歌う流行歌を口ずさむ程度で子供が胸はずませ歌うような歌は一曲もなかったと言っていいだろう。

ハルビンで避難民生活をしていたから、敗戦直後の日本の風景については知らない。戦後、引き揚げ船の中で『リンゴの唄』を聴いて悲しい衝撃を受けて以来、日本は私にとって遠い国になっていた。が、青森に住むようになってからは、いつかは東京に行くという希望を抱いていたから、東京がテーマの歌はみな輝いて見えた。『夢淡き東京』『浅草の唄』『東京の屋根の下』などは好んで歌っていた。特に美空ひばりの歌は別格で、ひばりの歌は子供たちにとっての一種の応援歌であり聖歌であった。

そんな私にとって大事件に近いことが起きた。

小学校五年生の時だった。バッハやヘンデルの写真の飾られた音楽室でのことだった。音楽の先生は、ベートーヴェンの交響曲第六番『田園』の各楽章の内容について説明してくれたあと、教壇に据えた蓄音機のターンテーブルに黒いレコードを載せ、それを回し、針を置いた。

スピーカーから流れ出てきた音楽の美しいこと！　こんな素晴らしい世界があるのか。第一楽章、田園に着いた時の楽しい気持ち。第二楽章、小川のほとり。第三楽章、収穫と人々の集い。第四楽章、雷と嵐。第五楽章、牧歌、嵐のあとの喜びと感謝。

全曲聴き終わった時、私は机にうっぷしたまま顔を上げられないでいた。私はぼろぼろに泣いていたからだ。教室の仲間たちには笑われたが、私は得も言われぬ幸福感にひたっていた。

なにが私をして泣かせるほどに感動させたのか。それはベートーヴェンの『田園』がまったく私の知る満洲の風景を描写していたからだ。第一楽章も第二楽章もあの通りだ。特に第三楽章では、夏の終わりごろの満洲の田園風景が目に浮かぶ。農民たちは大麦や小麦、トウモロコシやコーリャンを収穫して大いに喜ぶ。そこへ雷が鳴り稲妻が光る。満洲の雷は日本のそれのように穏やかなものではない。稲妻だって地平線全体を貫くように幾条も走り落雷する。まさにこの音楽のようにだ。そして嵐のあとの静けさと平和。満洲国を作って暴れ回った日本人が引き揚げていったあとの満洲いや中国東北部の人々は今やその幸せを満喫しているだろう。そう思うと、泣けて泣けて仕方なかったのだ。小学五年生でそんなこと思うかと人は疑う。その人は子供の意識に無頓着すぎる。加害者意識というものは子供にも歴然としてあるのだ。

これが私のクラシック音楽へのめざめだった。

戦後日本音楽の頂点

團伊玖磨・芥川也寸志・黛敏郎「3人の会」の先駆性

團伊玖磨《だんいくま》・芥川也寸志《やすし》・黛《まゆずみ》敏郎の若手作曲家が『3人の会』を結成したのは一九五三年のことだった。十五歳の私が青森から東京へ出てきて最初に知ったニュースだった。クラシック音楽ファンの私にとって、このニュースは何か眩しいような出来事だった。團伊玖磨（一九二四-二〇〇一）はオペラ『夕鶴』（木下順二台本、一九五二年初演）を作曲し、この日本の何処とも言えない何処かの村の物語はたちまち日本人の心を捉えた。芥川也寸志（一九二五-八九）は文豪芥川龍之介の遺子として文学座のハムレット役者芥川比呂志とともに著名であり、映画『煙突の見える場所』などの音楽によってすでに話題となっていた。また黛敏郎（一九二九-九七）も映画『カルメン故郷に帰る』の音楽にブギを取り入れたり、電子音楽に挑戦したりしてこの人も話題に事欠かなかった。この三人が毎年のように新作発表の演奏会をするというのである。音楽ファンは、ついに日本にも音楽の黎明期が訪れたと期待に胸をふくらませたものだ。『3人の会』結成のすぐ後のことだが、大指揮者アルトゥーロ・トスカニーニのために結成されたアメリカのNBC交響楽団がトスカニーニの引退により、シンフォニー・オブ・ジ・エアと名前を変えて世界をまわり、一九五五年に日本にも来た。会場は後楽園球場、満席だった。指揮者が誰だったか忘れてしまったが、曲目はベートーヴェンの交響曲七番、その前に演奏されたのがなんと芥川也寸志作曲の『交響三章』（一九四八年初演）であった。青空を疾走する白雲のように軽快な木管の響きは、どこから来たのかと思わせるほど新鮮なものだった。芥川也寸志二十三歳の時の作品はベートーヴェンと肩を並べていささかの遜色もなく、まるで以前からそこにあったかの如く堂々と鳴り響いた。私は全身鳥肌の立つような戦慄を覚えた。九段高校二年生の時だった。

『3人の会』の第三回演奏会（一九五八年、新宿コマ劇場）の衝撃もまた強烈なものだった。この日が初演だった黛敏郎作曲の『涅槃《ねはん》交響曲』（岩城宏之指揮、NHK交響楽団）には筆舌に尽くしがたい衝撃を覚えた。ついにオーケストラの世界に東洋の仏教世界が悠然と躍り出たのである。聴くものは梵鐘《ぼんしょう》の音に包まれて冥界をさまよい、力強い男声合唱による天台声明《しょうみょう》に送られて涅槃へと向かっていく。やがて全山の鐘が打ち鳴らされ、その梵鐘の呼応に抱かれて、永遠の涅槃へと達するのである。感動はいつまでも覚めやらなかった。今、現在を歴史の終わりとするなら、日本音楽の最高傑作は『涅槃交響曲』であると、私は断言したい。

『3人の会』は一九六二年の第五回演奏会をもって終了したが、三人それぞれのその後の活動は凄いものだった。三人はそろって東京音楽学校（現・東京藝術大学）の卒業生であり、絵に描いたようなダンディであり、知性と気品にあふれ、話は上手いし面白い。團伊玖磨は世が世なら男爵様で、そのエッセイ『パイプのけむり』はロングセラーとなり、シリーズは全二十七巻にまで達した。黛敏郎は『題名のない音楽会』の監修と司会で圧倒的な人気を誇り、三十三年間にわたり蘊蓄《うんちく》のある語りで人々を魅了した。芥川也寸志はNHKの『音楽の広場』の司会やTBSラジオ『百万人の音楽』、NHK教育テレビ『N響アワー』のパーソナリティを死の前年まで続けた。

三人は、クラシック作品を数々発表していたことは当然ながら、加えて、絶対に忘れてはならないことは、映画音楽の分野でも大活躍したことである。

團伊玖磨は、『真空地帯』（山本薩夫、以下カッコ内は監督）、『大佛開眼』（衣笠貞之助）、『雁』『夫婦善哉』『雪国』『濹東綺譚』『台所太平記』（五作とも豊田四郎）、『にごりえ』『ここに泉あり』（二作とも今井正）、『宮本武蔵』全シリーズ『無法松の一生』（ともに稲垣浩）、『乱菊物語』（谷口千吉）。

芥川也寸志は、『煙突の見える場所』『たけくらべ』『挽歌』（三作とも五所平之助）、『地獄門』（衣笠貞之助）、『猫と庄造と二人のをんな』『地獄変』（ともに豊田四郎）、『鍵』『野火』『ぼんち』『おとうと』（四作とも市川崑）、『ゼロの焦点』『影の車』『砂の器』『八つ墓村』『鬼畜』『事件』『わるいやつら』（七作とも野村芳太郎）、『八甲田山』（森谷司郎）……。

黛敏郎は、『カルメン故郷に帰る』（木下惠介）、『帰郷』（大庭秀雄）、『女の一生』（中村登）、『プーサン』『炎上』『東京オリンピック』（三作とも市川崑）、『真実一路』『幕末太陽傳』（ともに川島雄三）、『潮騒』（谷口千吉）、『青銅の基督』『気違い部落』（ともに渋谷実）、『赤線地帯』（溝口健二）、『美徳のよろめき』（中平康）、『張込み』（野村芳太郎）、『野獣死すべし』（須川栄三）、『女が階段を上る時』（成瀬巳喜男）、『キューポラのある街』（浦山桐郎）、『天地創造』（J・ヒューストン）、『黒部の太陽』（熊井啓）、『神々の深き欲望』（今村昌平）。

まだまだあるが、この辺にしておこう。日本映画全盛期のそのほとんどの名作の音楽はこの三人によって作曲されていることがわかる。まさに日本音楽の頂点は彼ら三人によって究められたと言っても過言ではない。もっともっと回顧展をやり、彼らの音楽を私たちは誇りとしなくてはならないと切に思う。

後年、幸いにも私はこの三人の天才たちと知己を得、近しくお付き合いさせていただき、特に芥川也寸志さんとはNHKの『N響アワー』で木村尚三郎さんともども四年間もご一緒させていただいた。そして芥川也寸志の絶筆『佛立《ぶつりゅう》開導《かいどう》日扇《にっせん》聖人《しょうにん》奉讃《ほうさん》歌《か》＝いのち』の作詩は私である。軽井沢の別荘にお見舞いに行った時、芥川さんに「礼ちゃん、あの曲のタイトルは何て言うの？」と訊かれたが、あまりの衰弱ぶりを目のあたりにして、私はとても「いのち、です」とは言えなかった。

その遺作は芥川さんの魂がさまよい昇天していくような迫力に満ちたものだ。今聴いても胸打たれる。

マイ・ラスト・ソング

「帆のない小舟」

自分の人生にとってどうしてもはずせない歌を十曲あげるとなると、なかなか難しい。人生のあらゆる場面の背景に歌が流れていたからである。ましてや私は歌書きでもある。人生のベストテンの中に自分の作品が登場してくるなんて、ちょっと不謹慎ではないかなどとも考えてしまう。しかしそれも仕方ない。とにかく私の人生にあって、どんな歌がどれほどまでに私の心を動かしたか。それを正直に考えつつ、書いてみようと思う。

第一曲は「人生の並木道」（佐藤惣之助作詩、古賀政男作曲、ディック・ミネ歌）。

屋根のない貨物列車にすし詰めにされて、ハルビンから大連に向かう途中の引き揚げ列車の中でこの歌を衝撃的に聞いた。

戦争の悲惨に翻弄された避難民たちは心底絶望していた。頼りにしていた関東軍には裏切られ、日本という国からも疎外され、待ちに待った引き揚げ列車に乗ることができたものの、日夜、悲しい出来事が絶えなかった。寒くてひもじかった。

白い月の下で汽車がとまった。

そんな時、誰かがハーモニカでこの歌を奏でたのだった。それに合わせて、貨物列車にうずくまる人々はみんな歌った。うめくように、身をよじって歌った。

泣くな妹よ　妹よ泣くな
泣けば幼い　二人して
故郷をすてた　かいがない

やがてその歌は引き揚げ列車に乗る者全員のむせび泣きとなり嗚咽となった。私は、こんな満洲帝国の崩壊を予測したような歌が、この世に存在することが不思議だった。詩人の魂の予言力。一つの歌が今私の目の前に現出させている、まるで地獄図のような人間たちの暗黒舞踏。その中の一人としていつしか八歳の私も泣きながら歌っていた。私の父はハルビンで死んだ。その無念さがひとしお身にしみた。

第二曲「椰子の実」（島崎藤村作詩、大中寅二作曲、東海林太郎歌）。

名も知らぬ　遠き島より
流れ寄る　椰子の実一つ
故郷の岸を　離れて
なれはそも　波に幾月

この歌を初めて知ったのは、青森の小学校の音楽の授業でだったが、聞いたとたん、あっ、これはぼくの歌だと思った。

私が生まれたのは中国黒竜江省（旧満洲）の牡丹江市であり、父と母は国策に煽られて満洲に渡り、醸造業を興し成功していた。私はといえば、昭和二十年八月十一日、ソ連軍がソ満国境を越えて攻め込んでくるまでは、まさに揺籃の夢を見るがごとき時を過ごしていた。その夢からたたき起こされて、突如、私の人生が始まった。家を失い、命からがら逃避行をつづけ、父を亡くし、引き揚げ船で日本に流れ着いた。そして毎日を懸命に生きたが、「流離の憂い」が晴れた時はなかった。

第三曲はフランスのシャンソン「枯葉」（ジャック・プレヴェール作詩、ジョセフ・コスマ作曲、ジュリエット・グレコ歌）だ。

日本に帰ってきてから、私たち一家は小樽、東京、青森と移り住み、中学三年の暮れ、念願の東京へ上ってきた。が、兄はまったく生活能力がなく、それどころか破滅的で、私たちの生活はまさに赤貧洗うがごとしであった。

流行歌というものに積極的興味はなかった。私は名曲喫茶に通いつめ、毎日むさぼるようにしてクラシック音楽を聴いていた。モーツァルト、ベートーヴェン、マーラー……。

それがある日、シャンソン喫茶というところで「枯葉」を聴いた。なんという驚きだったろう。ジュリエット・グレコの憂愁にみちたあの声。そして文学的ともいえるあの詩。忘れもしない昭和三十二年の秋のことだ。

以来、私はシャンソンにのめり込み、二十歳の年から、その訳詩をやるようになった。

第四曲は「涙と雨にぬれて」（なかにし礼作詩作曲、裕圭子とロス・インディオス歌）。

私はシャンソンの訳詩家としてそこそこの売れっ子になり、人より四年遅れて立教大学の学生となった。

昭和三十八年の夏の終わり、私は恋をし結婚した。新婚旅行で行った伊豆下田の東急ホテルで、その頃天下の大スターであった石原裕次郎と出会った。まったくの偶然である。

「お前さん、なんで食ってるんだい？」

「シャンソンの訳詩で食ってます」

「そんなのよせよせ。日本人なら日本の歌を書けよ」

裕さんのそんな一言に尻をたたかれるようにして書いた歌が「涙と雨にぬれて」である。

一年後、石原プロモーション所属の裕圭子によってレコーディングされた。裕さんは私との約束をまもってくれたのである。

自分の作詩作曲した歌が華やかに編曲され、プロの歌手によって歌われることの快感。

これはやみつきになるな。私は確実にそう思った。そしてこの歌は、私の初めてのヒット賞となり、私と裕さんとの関係はいっそう深まった。

第五曲は「知りたくないの」（ドン・ロバートソン作曲、なかにし礼訳詩、菅原洋一歌）。

私はシャンソンの訳詩をおよそ千曲やっているが、訳詩という仕事のまさに最後の曲となった歌だ。

　　あなたの過去など知りたくないの

済んでしまったことは
仕方ないじゃないの

「知りたくないの」というタイトルと歌いだしの二行は私の会心の作であった。私はこの時初めて、天から降りてくる「閃き」というものを知った。「恋心」のB面として発売されたのは昭和四十年だったのだが、じわじわと評判を取り、翌年にはAB面が逆転し、四十二年には百万枚の大ヒットとなった。

私はこの歌によって人生の扉を開いた。そして歌を書くことの歓びを知った。

昭和四十二（一九六七）年は作詩家なかにし礼にとって夢のような快進撃の年だった。「恋のハレルヤ」「恋のフーガ」「知りすぎたのね」。一連の作品によってその年の日本レコード大賞作詩賞をもらった。

四十三年は「花の首飾り」「エメラルドの伝説」「愛のさざなみ」など大ヒット多数。「天使の誘惑」（鈴木邦彦作曲、黛ジュン歌）はその年の日本レコード大賞に輝いた。

四十四年は「人形の家」「恋の奴隷」「君は心の妻だから」「夜と朝のあいだに」「港町ブルース」「ドリフのズンドコ節」などミリオンセラーの連発だった。

四十五年も「手紙」「あなたならどうする」「雨がやんだら」とヒットはつづき、「今日でお別れ」（宇井あきら作曲、菅原洋一歌）で二度目の日本レコード大賞、そして「昭和おんなブルース」（花礼二作曲、青江三奈歌）でこれまた二度目の作詩賞を同時受賞した。くわえてゴールデン・アロー賞をもらい、コカ・コーラのCMソングでACC賞まで手にした。四冠達成のようなもんだ。

そこで第六曲は「二十歳の頃」（安井かずみ・なかにし礼作詩、かまやつひろし作曲、歌その三人）というあまり知られていない歌になる。売れっ子作詩家の安井かずみ、ザ・スパイダースの人気ヴォーカルかまやつひろしとは大の仲良しだった。この年の春から文化放送の深夜番組「セイ！ヤング」がスタートし、私は火曜日のパーソナリティを担当した。火曜夜のスタジオにほとんどいつも安井かずみとムッシュー・かまやつが遊びにきていて、終わったら私を連れて六本木に出ようと待ち構えている。そんな時、ふと浮かんだメロディをムッシューがギターでつま弾いた。それにかずみと私が詩をつけて、その場で歌い、レコーディングしてしまった。あの頃、私たちがどんな自由を満喫していたか。それをしのばせる歌だ。

あの頃思うたび
涙が出るんだよ
君とぼく　二十歳の頃
帰らない昔……
たまには口づけなど
交わしてふざけあい

Koshino
Junko
Kamayatsu
Hiroshi
Yasui
Kazumi
Nakanishi Rei

そのまま愛しあって
日暮れになったね……

目も眩むような夢と喝采の日々への挽歌だ。
第七曲「さくらの唄」（なかにし礼作詩、三木たかし作曲、美空ひばり歌）。
昭和四十五年に兄の会社が倒産し、その借金を私が払った。それでもまだ残った多大の借金を私がかかえることになった。私の胸の内には兄弟というものへのロマンティックな思いがあったのだ。私は得意の絶頂から借金地獄のどん底にたたき落とされた。死にたかった、けど死のうとは思わなかった。自分は死なない。その代わり一曲の歌をあの世へ送り込んでやろう。そんな思いで書いたいわば私の遺言歌でもあった。

なにもかも僕は　失くしたの
生きてることが　つらくてならぬ
もしも僕が死んだら　友達に
卑怯なやつと　笑われるだろう……

最初、三木たかし自身が歌って発売したのだが、全然売れなかった。しかしある日、ＴＢＳテレビの辣腕プロデューサーの（のちに作家となった）久世光彦がこの歌を聴いて心にとめ、この歌を歌えるのは美空ひばりしかいないと思いつめた。そして彼は行動を開始した。コロムビアレコードと交渉してもらちが明かないとなると、久世はデンスケ（録音再生機）をかかえて名古屋の御園座まで飛んだ。そして楽屋でひばりにこの歌を聴かせた。そしてついにこの歌を美空ひばりに歌わせることにこぎつけたのである。久世は「さくらの唄」を次に手がけるドラマのタイトルとし、主題歌にまでしてしまった。

おやすみをいわず　眠ろうか
やさしく匂う　さくらの下で

第八曲「時には娼婦のように」。

その頃、私はある一つの考えに強くとらわれていた。自分には歌を書く才能がないのではないか。歌手や作曲家に助けられ、ただ幸運に恵まれてヒットを飛ばしていただけなのではないだろうか。そんな時、吉田拓郎に会った。「礼さん、うちからアルバム出しましょう」。当時、彼はフォーライフレコードの社長をしていた。「条件は一つだけ。全曲作詩作曲して自分で歌うことです」

こんないきさつでアルバム「マッチ箱の火事」は完成した。その第一曲目が「時には娼婦のように」（昭和五十二年、黒沢年男とシングル競作）である。この歌こそ私にとっての救世主であり、起死回生の一発であった。多額の借金もあらかた片付いた。

時には娼婦のように
淫らな女になりな

この歌の中に私の人生のすべてがある。

平成十二年春、私は念願の直木賞を『長崎ぶらぶら節』で受賞し小説家になった。

そして十二年たった平成二十四（二〇一二）年の二月、私の食道にステージ2Bのがんが発見され、三月五日に公表した。

医師は手術を勧める。心臓に病をかかえる私は手術を避けたいという。どこまでも平行線で、名医と呼ばれる四人の医師が手術をしなければあとは余命の問題だという。

私はインターネットの世界に潜り込み、陽子線治療というものに出会った。これが最善最適なものかは分からなかった。が、私はこれに賭けた。閃いたとしか言いようがない。

マスクをつけ闇の中に横たわるようにして、陽子線治療を受けている時、私の頭の中に鳴りつづけていたのはグスタフ・マーラーのシンフォニー第二番の第五楽章であった。

第九曲は「復活」、それにつきる。

よみがえるだろう、わが心よ
そのかち得た翼をひろげて、

私は舞い上がろう！

第十曲、マイ・ラスト・ソングは「帆のない小舟」（なかにし礼作詩作曲、石原裕次郎およびなかにし礼歌）だ。

私は十八歳から自活しなければならなかった。生きるとはなんと至難なことだろう。友人の家を泊まりあるき、やっとの思いでたどりついたのが「ゴキブリ・アパート」である。夜、布団を敷こうとして押し入れを開けると、それこそ無数のゴキブリがぞろぞろと這い出してくる。その部屋の二十燭光の裸電球を見上げながら、われとわが身に語りかけるようにして作った歌だ。いかに青春が美しいとはいえ、あの時代にだけはもどりたくない。

星のない暗い海に
船出した帆のない小舟
あてもなく波間に揺れて
悲しみの歌のまにまに
ゆらりゆらゆらゆらり

この歌は私の人生の旅路そのものだ。「シャコンヌ」の通奏低音のように、それは死の床にまで鳴りつづけるだろう。

Ⅷ

赤い風船と白い男

もしまた今度
がんになったら
そしてもし
もはや手のほどこしようが
ないと言われたら
私にはしたいことがある
人は笑うかもしれないが
なにそんなことかまいはしない
街角に立って

風船くばりをしたいんだ
まだあるきはじめたばかりの子供や
少年や少女たちに
風船を手渡す
幸せをあなたに——と言いながら
もらった人はきっと
にっこりと笑い
ふんわりと浮かぶ
風船を見上げるだろう

あどけない顔になるだろう
大人でもいい
お年寄りでもいい
暗い表情で
肩を落として歩く人にも
涙をふいたばかりの顔をした
おばさんにも
幸せをあなたに——と手渡せば
風船は一時の

慰めにはなるだろう
それ以上は望まないさ

雨や風の日は
ヘリウムガスボンベのある部屋で
一日じゅう風船作りにいそしむ
風船はもちろん赤だ
なぜって?
赤は命の色だからさ

そうだなフランス革命の時
赤は自由の色でもあった
そして晴れた日　ぼくは
映画「天井桟敷の人々」に出てくる
白い男　パントマイム役者の
ジャン・バチストを真似て
顔を白く塗り白い帽子をかぶり
白い衣裳を身につける
なぜ白い衣裳を着るのかって？

白は青空に浮かぶ雲の色なのさ
ぼくは雲が　白い雲が
この世でなによりもすきなんだ

赤い風船を両手にたっぷり持つと
風船に引き上げられて
体が浮きあがらんばかりになる
ふわふわ歩いて街に出る
赤坂サカスの真ん中に立てば

みんなは指をさし
にやにや笑う
変装しているからね
ぼくが誰だかは分からないさ
どこまでも青い空の下で
白い男は赤い風船を
道行く人に手渡す
幸せをあなたに――
はい　あなたにも

幸せを――
幸せをあなたに――
はい　あなたにも
幸せを――
風船をくばりおえると
サカスの広場は
笑い声と笑顔でいっぱいになる
白い男は嬉しげに
エレガントな動きで

実は体が弱っているので
軽く踊ってみせたりする
するとまたどっと笑い声があがる
白い男は
今こそ生きていると感じる
そうしているうちに
自分の体が日に日に
痩せほそっていくのが分かる
でも歩けるうちは

そして青空があるかぎりは
ぼくは風船くばりをつづける

やがて力つき　白い男は
ベッドに寝たきりになるが
男の手は動きつづけ
口もささやきつづける
幸せをあなたに——
はい　あなたにも

幸せを――
幸せ……
赤坂サカスから
白い男の姿は消えたけれど
街の噂によれば
ある晴れた日
たくさんの風船に抱かれ
ひらひらと衣裳をなびかせつつ
白い男が青空にむかって

飛んでいったそうだ
今頃　白い男は
雲にでもなっているのではないか

IX 紙上お別れ会

友誼を結んだ人びとが語る
「美しい抵抗者」の思い出

西麻布と八人の女たち——なかにし礼 略伝

伊藤彰彦 映画史家

『夜の歌』文庫版（二〇二〇年）の解説を書いたあと、なかにし礼から「キャンティ」西麻布店に招かれた。『サンデー毎日』連載時の担当編集者とともに待つと、外套に身をつつんだなかにしが、まるでレジスタンスの神父のような威厳に満ちた面持ちで現われ、私は思わず身構える。だが、その緊張は五分後にはものの見事に解《ほぐ》れた。なかにしが仕方《しかた》噺《ばなし》の名手だったからだ。私は解説を書く際、なかにしの主要な著作を読み、気にかかる記述があったので訊いてみた。

「『平和の申し子たちへ——泣きながら抵抗を始めよう』で「若いころ七人の女の人と暮らしていた」と書かれていましたが、これはどういうことでしょう？」。「それは違うの」となかにしが言下に否定する。「七人じゃなくて、八人ね」。「はぁ、八人……」と私は唖然とし、「毎日違う女性と会っていたということでしょうか？」と訊くと、なかにしの目がキラリと輝き、「最初はそうしてた。でも、そのうち面倒くさくなっちゃって、七人を一軒家に住まわせたわけ。彼女らの世話をする年輩のマダムを一人置いて、そこへ僕が行って、七人の女性たちと遊ぶの」。

「ほぉ、徳川時代の大奥みたいですね。なかにしさんが将軍で、そのマダムが御中臈で」。「キミはとってもイメージが貧困ね。もっと自由なフランス的なサロンだったんですよ」。私は「フランス的」の意味が皆目わからず、「どのように七人を集められたのでしょう?」。「最初は知り合いの女子大生が友達を連れてきて、その娘がまた別の友達を呼んで、共同生活が嫌いな娘はいつしか去って、居心地がいい娘だけが住みついたのね。そんなことが繰り返されて七人が残った。……あっ、これ小説にしようかな。題名は『時には娼婦のように』で」。

この人は〝千石イエス〟か、はたまた『クリシーの静かな日々』のヘンリー・ミラーかと感嘆しつつ、「後学のために教えてください」と白ワインを勧めつつ仔細を根掘り葉掘り訊く。「しつこいなぁ、キミは」と言いつつ、なかにしは悪戯小僧のような目になり、マンションの見取り図まで描く。「で、こんな蜜月はいつまで続いたんでしょう?」と訊くと、「それはね」といったん遠い目となり、「こんど話したげる」とニヤリと笑う。

なかにしが亡くなるちょうど一年前の師走の晩のことである。

なかにし礼は一九三八年、旧満洲(現中国東北部)の牡丹江で生まれた。酒造業など手広く事業を営む父親と進歩的で自由奔放な母親のもと、クラシック音楽や日本の古典芸能が流れる家庭で育った。現地のダンスホールに通う母親、気に入った演目があると観劇のために東京の歌舞伎座に遠征した両親に育まれたことが、なかにし礼の原点となった。

しかし幼年期の至福は日本の敗戦とともにたちまち打ち砕かれる。一九四五年八月、ソ連軍が日ソ不可侵条約を破り満洲に侵攻。なかにしの一家は命からがら逃げ、軍用列車の中で機銃掃射にさらされる。我に返ると、軍服姿の男が頭を射抜かれて血を流し、六歳のなかにしは紙一重の運で生きのびた。関東軍はソ連軍から国民を守れず、当時の外務大臣の重光葵は、「日本政府にはあなた方を受け入れる能力がない。日本政府としてはあなた方がハルビン地区でよろしく自活されることを望む」と声明し、ソ連軍制圧下のハルビンに取り残されたなかにし一家もふくめた旧満洲国の居留民を見殺しにした。このことは、なかにしの「国家は何ひとつ責任をとらない」という認識につながり、なかにしが母や姉とともに、自分たちが乗った満杯の無蓋列車に追いすがる人々の指の一本一本をもぎとるようにはがした体験は、弱者を見殺しにして戦禍を生きのびた者の原罪意識として終生、なかにしの心の咎《とが》となった。

一九四六年、日本に引き揚げてきたなかにしは、「外地」にいた時は耳にすることがなかった〝七五調〟の流行歌を聴き、生理的な嫌悪をいだいた。その嫌悪から『歌謡曲から「昭和」を読む』にいたるなかにしの問題意識が生まれ、軍歌と戦後の歌謡曲に共通する七五調を日本人のメンタリティの「呪縛」ととらえ、「七五調に収めることで描かれる事象が生々しさを失う」と自戒し、それから脱却した日本語を書こうとしたことから、作詩家なかにし礼は出立した。

学資を稼ぐためシャンソン喫茶「ジロー」でボーイとして働いたのを機縁に、なかにしはシャンソンの訳詩家として世に出る。エディット・ピアフ、ジュリエット・グレコ、ジルベール・ベコーらが歌う、フランスの大衆歌謡の総称であるシャンソンが「恋愛」とともに「政治的抵抗」を主題としたことが、以降のなかにしの表現活動に残響した。また、これらのシャンソンとともに、角川春樹の慫慂《しょうよう》により翻訳したアルフォンス・ドーデの小説『サフォー』（邦題は『哀愁のパリ』七〇年）や『ラディゲ詩集』（七三年）にはなかにしのフランス文化への憧憬と想いが満ち溢れ、これらも忘れてはならないなかにしの文業だ。

しかし、六三年、石原裕次郎の「訳詩なんぞやめて、流行り歌を書きなよ」というひと言からなかにしは歌謡曲の作詩家に転身する。この決断に最初の妻は反対し、親友の武富義夫（のちに翻訳出版社経営）はなかにしとの絶交を決めた。彼らはなかにしが大衆歌謡を手がけることで彼の詩人や小説家の才能が損なわれると危ぶんだのだ。しかし、なかにしの歌謡界への転身の決意は揺るがなかった。歌謡曲に手を染めるとき、なかにしが「作詞家」ではなく「作詩家」と名乗ったのは、歌謡曲だけで終わるまいという矜持があったからだろう。

六〇年代後半から始まる歌謡曲の黄金時代に、なかにしは、作詩家が最初に詩を書き、あとから作曲家が曲をつける従来のやり方に対し、初めに曲があってそれに合う詩を書く〝曲先〟の手法で挑んだ。曲が先行するシャンソンを千曲訳詩した修練が歌謡曲において活きたのだ。

以降、なかにしは四千曲以上の歌謡曲の詩を書き、『天使の誘惑』（黛ジュン）、『今日でお別れ』（菅原洋一）、『北酒場』（細川たかし）で三度にわたって日本レコード大賞を獲得するなど、飛ぶ鳥落とす花形作詩家となる。と同時に、なかにしは数々の女性と浮名を流す名うての遊び人としてマスコミを賑わせ、「あいつは女との寝物語を歌にし、己れの恥を甘美なさらしものにした」と陰口を叩かれるほど、退廃と耽美の匂いを漂わせる〝時代の寵児〟となった。冒頭の「八人の女性」と暮らしたのはこの頃のことである。

七〇年代の初め、東北の温泉町に「なかにし礼」の偽物が突如として現われて、ギターでなかにしのヒット曲を爪弾き、女中や仲居を誑《たぶら》かし、忽然と姿を消す事件が起こった、と久世光彦は『マイラストソング』で書く。いかに歌謡曲の全盛期とはいえ、作詩家というわば「裏方」であるなかにしが東北の片田舎の女性にまで顔を知られ、その名が全国津々浦々まで轟いていたとは驚くべきことである。

そのころのなかにしの映像は、映画『時には娼婦のように』（七八年、小沼勝監督）の中に遺されている。「当時、（兄が作った─引用者註）借金に追われている時期で、好条件を提示されたこともあり、原案、脚本、音楽、さらには主演までこなした」（『わが人生に悔いなし─時代の証言者として』）となかにしが語るロマンポルノの「エロス大作」だが、これはなかにしの美意識が煌めく美しいフィルムである。この映画に現われる、心臓発作と性への耽溺、兄の借財を背負わされる弟、（なかにしが第二の故郷と呼ぶ）青森への郷愁、大竹省二や星野哲郎や中山大三郎ら文化人との交流といったなかにしの人生に欠くべからざる光景は、なかにしがのちに書く、『翔べ！わが想いよ』（八九年）から『夜の歌』（二〇一六年）にいたる自伝小説のプロトタイプ（試作品）となった。

このフィルムの中のなかにしは、女性を抱いていても心がここになく、気怠く、かったるく、遊び人の懶惰《らんだ》をなで肩の背中に滲ませていた。

こうした「昭和のなかにし礼」のイメージは、平成に入ると一変する。

「昭和とともに歌謡曲の時代は終わった」と、なかにしは平成元年に作詩から離れ、作家村松友視の後押しにより、借金を背負わせた実兄との確執を描いた『兄弟』(九七年)で小説家としてデビュー。第二作『長崎ぶらぶら節』(九九年)で直木賞を受賞するや、『赤い月』(二〇〇一年)で自身の戦争体験を描き、小説家として名を馳せてゆく。

同時に、舞台製作に身を投じ、芸能の始源を追い求める。平成に入って鎌倉芸術館の芸術総監督に就任したなかにしは、西洋のオペラと日本の古典芸能との融合を目指し、『静と義経』(九三年)、『眠り王』(九九年)などの創作オペラをプロデュースした。二〇一八年に再演された『静と義経』の、静がアリアを歌い、義経の精霊のような花が降りしきり、幽冥が融け合ったクライマックスは、演劇人なかにし礼の白鳥の歌となった。

平成に入ってからのなかにしは、昭和の時代の「プレイボーイ」のイメージから一転、黒のアルマーニに身をつつんだ謹厳な求道者の面持ちとなってゆく。

しかし、二〇一二年、そんななかにしを病魔が襲う。食道がんが見つかり、自らが選択した陽子線治療により一旦寛解するも、一五年にがんが再発する中、病に屈しないばかりか、戦争への警戒心を失くしてゆく社会と〝闘う作家〟になかにしは変貌していった。とりわけ、平和憲法を踏み躙《にじ》る政権への怒りを露わにし、かつて国家が自分を棄てた事実や、自らが他者を犠牲にし、加害者たらざるを得なかった体験を繰り返し、執拗に語った。

しかし、「平和とは何か」を論ずるエッセイで、「若き日に七人の女と暮らしていた」と打ち明け、「平和はエロティックであり猥褻なものだ」（『平和の申し子たちへ―泣きながら抵抗を始めよう』）と主張し、穿破（がん細胞が他臓器の壁膜を突き破り、死にいたること）と隣合わせで書いた最後の小説『夜の歌』においても、戦争とともにかつて褥《しとね》をともにした女性たちを思い起こし、彼女らの声音や匂いにいたる記憶を克明に描くところが、作家・作詩家、なかにし礼の真骨頂だった。

とりわけ、『夜の歌』では、死に直面した主人公を過去へといざなう「ゴースト」と病床のなかにしが交わり、死とエロスが止揚されるのだ！

戦争だけを描いた作家はいる。しかし、戦争と歌謡曲を交響楽《シンフォニー》のように、硝煙とエロスをカットバックで描いた作家はなかにし礼しかいまい。

二〇一九年十二月、「キャンティ」で夕食を終え、なかにしと西麻布の街頭に出た。「記念に一緒に写真を撮ってください」と私は申し出て、「えーっ」と嫌がるなかにし礼に、映画『時には娼婦のように』のブルーレイを持ってもらい、隣に並び、担当編集者にスマホを手渡す。編集者がまごまごしているうちに、通行人が笑って通り過ぎる。なかにしが本当に困った表情で「もう勘弁してよ」と私を振り返る。その瞬間シャッターが切られた。いまその写真を見ると、「なで肩の色男」がぷいと横を向き、不貞腐れた顔に昭和の色気が馨った。

「またキャンティへ行こうよ」とたびたび誘われながら、なかにしの入院加療のためその機会は訪れなかった。八人の女性との結末、なかにし版『クリシーの静かな日々』がどのように終焉したかは永遠に聞きそびれた。

悼む声・捧げる言葉

黒柳徹子 女優・ユニセフ親善大使

なんと悲しいことでしょう。あんなに何度も死線を乗り越えていらしたので、お元気だとばかり思っていました。天才的な作詩家。平和を誰よりも愛し、人間を信じていた、やさしい作家。私たちは偉大な保護者を失ってしまいました。

北島三郎 歌手

同じ世代で北海道育ち、戦争という厳しい時代も越えてきた。そんな私たちが芸能の世界で、作家と歌手として出逢った。これも縁でしょうね。さて「まつり」という曲は、お陰様で、どこの舞台でもたくさんの皆さんに愛される歌となりました。いまでは私の大切な宝物の一曲です。そして、この曲を歌うたびに貴方の顔が浮かんできます。ありがとう。

ご冥福を心よりお祈り申し上げます。

高島礼子 女優

先生の訃報に接し、悲しみで言葉も出ませんでした。先生のお母さまがモデルになっ

た、戦争という悲劇を生き抜いた『赤い月』の波子を演じることは、先生の生きた時代を追体験することでもありました。先生の記念すべき直木賞受賞作の『長崎ぶらぶら節』では主人公のライバル芸者役に推挙いただき、日本アカデミー賞の助演女優賞をいただくことができました。演じさせていただいた何人もの役は、女優としての私の大切な一部、分身のようになっています。座長公演を観て書いてくださった「高島礼子 無限の未来」という一文は、私にとってこの上ない励ましでした。これからは、先生が遺された歌や小説に折々に接して、その存在を感じ続けたいと思います。

氷川きよし 歌手

なかにし先生は、私のような若い人間の話を真剣に聞いてくださり、心を汲んで、「母」という詩を書いてくださいました。レコーディングのときに先生が、「この歌は、母親が病院のベッドで今にも亡くなるかもしれないというときの『生きていてほしい』と祈るような気持ちで歌ってほしい」とおっしゃったことを覚えています。それを思いながら、昨年末、日本レコード大賞でこの「母」を歌わせていただきました。なかにし先生に届いたでしょうか。先生からいただいた「櫻《さくら》」「出発」「母」は、先生からの人生のメッセージです。先生の魂の作品をこれからも大切に歌わせていただきます。先生、どうぞ安らかに。いつまでも見守っていてください。

石川さゆり　歌手

「風の盆恋歌」を頂いた時、一緒に八尾まで風の盆を見に行きました。礼さんが50歳のお誕生日でした。「長崎ぶらぶら節」も舞台で220公演を超えました。歌芝居「貞奴 世界を翔《かけ》る」の稽古中に食道がんとの診断があり、精神力と創作意欲で病と闘う礼さんは、話を聞く度に強い方だと思いました。昨年秋に頂いたメールは、とんでもない時代、これでは何も解決しない、僕も秋から仕事を再開しますとのことでしたのに。さみしいです。もっと一緒に歌を発信

したかった。

大竹しのぶ　女優

いつも沢山のことを教えてくださった礼先生。音楽のこと、芝居や文学のこと、そして戦争のこと。話はいつも尽きなかった。ピアフのアルバムを作った時は、言葉一つ一つを説明してくださって、シャンソンのいろいろな歌を教えてくださった。いつかコンサートを開こうねと約束していたのに。でも何よりも熱く語ってくださったのは、これからの日本について。平和でなければいけない。そのためには、何をすべきかいつも考えていらっしゃった。もう一度、お逢いしたかった。もうあと一万回くらいお話聞きたかったのに。本当に、本当に悲しく、残念でたまりません。逢いたいです。

佐高信 評論家

なかにしさんとは「メル友」でした。古賀政男についての対談をして以来のつき合いで、急逝に呆然としています。去年の秋にもメールのやりとりをし、私の〝危険な新刊〟を褒めてくれました。シャンソンと歌謡曲の橋渡しをしたなかにしさんは七五調では書くまいと決め、七五調を「奴隷の韻律」とする金時鐘《キム・シジョン》さんに深く共感していました。ダンディな抵抗者でした。

金時鐘 詩人

なかにしさんのように、しなやかで芯を持った作家は日本にはまれです。大切な存在を喪《うしな》ってしまった。芸能界、歌謡界の重鎮でありながら、私の書くものに関心を持ってくださり、光栄に感じています。加害者側の子弟として満洲に育ち、過酷な引き揚げ体験から国家への不信を抱いたなかにしさんの、戦後に磨き上げた日本からはみ出す感性が、在日を生きる私のような物書きに目を向けてくれることにつながったのかもしれません。

田中康夫 作家

「日本はもはやアンニュイどころではない絶望の淵に来ている」と随分と前から看破されていた畏兄の逝去を悼みます。「われわれは何処へ行くのか」がテーマだった『サンデー毎日』の連載では「田中康夫論」をお書きくださり、「この本は現代の黙示録かもしれない」と『33年後のなんとなく、クリスタル』に過分な評価を与えてくださいました。拙宅から至近距離にお住まいで、伴侶の由利子さん、ミニチュア・シュナウザーのラヴちゃんとの散歩中にお目に掛かると、我が家のトイ・プードルのロッタにも言葉を掛けてくださる心遣いの方でもありました。

大下容子 テレビ朝日アナウンサー

なかにしさんは私の周りで一番年上なのに、一番「新しい人」でした。いつも最新の映画、音楽、世界中の本に触れていらっしゃいました。なかにし作品のほとんどを拝読していますが、文章が枯れるどころか年々瑞々しくなっていくのはなぜだろうと思っていました。常に新しい時代の風を全身で感じていらしたからかもしれません。コロナ禍でのメールのやりとりでも、「アフターコロナがどうなるか見届けたい」と、旺盛な好奇心を改めて感じました。ご自身の引き揚げ体験など、戦争の記憶はすさまじいほど精密で、その原点から、あの知性と感性の最高峰が生まれたと思うと、やはり特別な人だったと言うしかありません。

寺島実郎 日本総合研究所会長

なかにしさんの原点は、満洲引き揚げという極限の体験です。交友の中で、私ら団塊の世代はやはり戦争を知らず、戦争体験世代とのギャップは年齢差以上に大きいと実感しました。私たちは戦後民主主義を米国から与えられたものと見がちですが、そこに辿り着くまでにどれほど血まみれの体験があったか、生身の戦後民主主義の意味を語り続けられたのだと思います。

石破 茂 自民党元幹事長

昨年夏、なかにし先生との対談企画を頂き、私も楽しみにしていたのですが、ご病状から二回延期され、結局実現することはありませんでした。光栄に思っていただけに残念でなりません。『夜の歌』をはじめとする作品を拝読させて頂き、歴史の教科書や既刊本には書かれていない、満洲国の本当の姿と国家の持つ底知れぬ恐ろしさを改めて実感いたしました。今や日本は平和も民主主義も極めて危うい状況にあります。長年政治に携わってきた者として己の力不足を恥じ入るばかりですが、先生のご遺志を少しでも体して今後努力して参ります。先生の御霊《みたま》の安らかならんことを切にお祈り申し上げます。

菊池正史 日本テレビ経済部長

いつも丁寧に優しく接してくれたが、政治の話になると「権力は平気で国民を騙すし犠牲にする」と厳しい表情になった。旧満洲引き揚げの壮絶な戦争体験によるものだ。華麗な作詩から反戦の論客に至る活動は、戦争から繁栄への昭和の象徴だった。「昭和の精神」

を語る師を失い、今、悲しみと不安に苛《さいな》まれている。

小池 晃 日本共産党書記局長

なかにしさんとは『しんぶん赤旗』日曜版で対談し、壮絶な戦争体験と平和への願い、安倍政権への怒りを語っていただきました。凄まじい引き揚げ体験から、不戦の意思が体に深く刻み込まれておられた。憲法九条は宝物だと何度も強調され、九条を守ることを託された思いがあります。

ジェジュン 歌手

なかにし礼先生は、僕が日本のポップスをカバーした『Love Covers』を「愛という魂の行為」とおっしゃって評価してくださいました。韓国語のアルバム『愛謡』を「愛を求める慟哭《どうこく》」とも書いてくださいました。予想もしていなかったので、驚きましたし、とても嬉しくて、僕にとって励みになりました。先生の逝去に心から哀悼を捧げます。その言葉に応えられるように、愛を歌い続けていきたいと思います。

松尾 潔 作詞家・音楽プロデューサー

昭和一桁世代の母親は、菅原洋一の「知りたくないの」を好んで聴いた。幼い自分はこの歌で「過去」という言葉を初めて知り、母親の何かを知った気にもなった。なぜか罪悪感を伴った。大人になった今でも、「過去」と聞くだけで胸の鼓動がやけに高まることがある。自分のそれが後ろめたいからではなく、きっとこの歌のせいだと思いたい。言葉の達人はそんな仕掛けを僕の躰《からだ》に埋め込んで遠くへ旅立ってしまった。なかにし礼になりたかった。

川村龍夫 ケイダッシュ会長

「先生」と呼ぶと、礼さんと呼んでくれと言って、怒るんです。好き嫌い、善悪、何でもハッキリ言う人で、50年以上、本音でつき合ってきました。僕は礼さんの『サンデー毎日』連載を毎週読むたびに、本人に感想を伝えていました。それは、僕も焼夷弾を経験した世代なので礼さんの戦争を許さない意志、時代への見方に共鳴していたからだし、芸能も文芸も評価があって初めて時代に残ると思っているので、2人の間でもそれを実行していたんです。僕は歌手という存在に思い入れがあって、「曲のすべてを把握して時代に送り出すのが歌い手だ」と言うと、礼さんは「それは違う。歌手はもちろん特別な存在だけど、作曲家がいて、作詩家がいて、編曲家がいて、そのすべてのインスピレーションが合わさって一曲が生まれるんだ」と言っていました。歌が世の中を揺り動かす力を、誰より知っている人でした。病気に次々と苦しめられたけれど、生きることに一生懸命な人でした。今はまだ心の整理がつかず、礼さんとの様々な思い出が浮かんできます。

反戦と耽美の同志へ

美輪明宏　歌手・俳優

礼ちゃんの死ほどショックなことはありません。こういう時代ではなく、美しい季節にメルヘンの世界に旅立たせてあげたかった。

出会ったのはもう60年前、御茶ノ水のシャンソン喫茶「ジロー」で、大学生の彼はアルバイトでボーイをやっていました。フランス文学を学んでいて、パリの文化的な雰囲気や実存主義をよく理解していた。グレコやコクトーの魅力が分かっていた。

彼が「銀巴里《ぎんパリ》」に客として通うようになると、ハンサムだから女性のシャンソン歌手たちにモテモテで、フランス語ができるので訳詩を頼まれるようになるんです。私は彼の才能が分かっていたので、創作に向かうように励ましました。

菅原洋一さんに書いた「知りたくないの」がヒットしてからは作詩家として羽ばたいていきます。

礼ちゃんは「良いものは良い」とハッキリ言う人で、自伝のなかで私の「ヨイトマケの唄《うた》」を「歌の中で最高の歌」と言ってくれました。私が「石狩挽歌」を「青木繁の『海の幸』に負けない高い芸術性だね」と褒めると、ものすごく喜んでいた。

私は「ヨイトマケの唄」の他にも「ふるさとの空の下で」や「従軍慰安婦の唄」など、

反戦の歌をいくつも歌っていますが、礼ちゃんはそれらを深く聴いてくれていたと思います。私には地獄のような原爆体験があり、礼ちゃんは満洲からの引き揚げでひどい目に遭った。お互いの体験はさんざん語り合ってきました。

戦争によって美徳が悪徳にされてしまうこと、芸術のロマンチシズムが潰されてしまうことをいやと言うほど見てきました。私たちが耽美的な歌をつくってきたのは、軍国主義に戻してなるものかという抵抗でもあるんです。

礼ちゃんは、私のかけがえのない同志でした。

ダンディズムと反骨心——追悼・なかにし礼

青木 理 ジャーナリスト・ノンフィクション作家

とてもスマートで、とてもダンディーな人だった。細身で小柄な身体には、常に上品な黒色の服をまとっていた。胸のあたりには洒落《しゃれ》たアクセサリーが飾られ、外出先で会うと黒色のハットを被っていることもあった。すべてがよく似合っていた。

物腰も語り口もソフトだった。ただ、少し深く話をすると、小柄な身体に強靱な芯が一本通っていることに気づかされた。なんと表現したらいいのか、しなやかだが決して折れない、まるで血肉の奥底に埋めこまれた鞭のような反骨心だと私は感じた。

なかにし礼さん、享年82。ヒット曲を次々生み出した作詩家としての、あるいは作家としての活躍は、私がいまさらくどくど記す必要はない。田舎育ちの私も、なかにしさんが紡いだ詩《うた》を聴いて育った。

その強靱な反骨心の根っこには旧満州からの凄惨な引き揚げ体験があることもよく知られていた。だから「国家」とか「軍」などというものを、なかにしさんは根本的に信じていなかった。常日ごろは「国を守る」とふんぞり返っていた軍人が真っ先に逃げ出す様を幼少期に目撃し、国からは棄てられ、命からがら自力で故国に引き揚げてきた、その原点。

いや、「故国」などという概念すら希薄だった。なかにしさんは数年前に行った私との対談でこう語っている。「両親は日本人、生まれは牡丹江市。日本という国に故郷はなく、満州という国ももうない。だから日本において僕は完全な欠陥者なんだ」

欠陥者というより、自由人だったのだと思う。特定の集団の論理に絡めとられず、絡めとられることを嫌う無境界の自由人。だからすべてを俯瞰して眺め、戦後の日本も辛辣に捉えていた。「戦後の日本というのは、民主主義のまねごとをやったけど、日本人はそれが身につかなかった。個の意識というものがこんなに育たなかった国は珍しいと僕は思う」と。

しかも戦後処理に失敗し、いまなお隣国と角を突きあわせた挙句、安易皮相なナショナリズムが跋扈する現在。「僕みたいに軟派な人間が硬派になったといわれるような、そういう時代」を心底憂えてもいた。

そういえば、なかにしさんは私との対談でひとつ、一般にほとんど知られていない〝特ダネ〟を教えてくれた。故・青島幸男が作詞し、故・植木等が歌って一世を風靡した「無責任一代男」。実はあれ、天皇が責任を取らないから無責任が悪徳にならず、日本全体に蔓延してしまったという想いが込められた歌なんだよ、と。

世間的には高度経済成長下における皮肉混じりのサラリーマン讃歌と受けとめられているが、「青島さんはもっと深刻な想いで、それを露骨に出さないで歌にした。大変な才能ですよ」。この〝特ダネ〟にもっと反応しなかったことを少し悔やみつつ、作詩から文学までを踏破して数々のヒットを生み出し、国家や天皇制の深淵にまで眼をこらしていたスマートでダンディーな芸術家の逝去を心から悼む。

「創作の大海」への船出――なかにし礼の鬼気迫る深化について

村松友視　作家

なかにし礼が小説を書いたら面白そうだという思いが一ファンである私の内にわいたのは、彼が天才的作詞家としてヒット量産中であった全盛期真っ只中にある頃のことだった。彼より二歳下の私は、出版社につとめる文芸編集者だった。そこはかとないたくらみが裏に張りついた歌詞、詩人と作詞家を隔てる通念に挑むかまえ、世間的秩序感覚を逆なでするかのごとき戦略的言葉選び、庶民の底や芯にからむ知性を巧みにつまみ出して陽《ひ》に晒《さら》す手さばき……どこか本心の見えにくいなかにし礼という歌謡界の寵児を、私はそんなふうに遠望していた。同世代の自分と対照的なタイプへの興味もあった。

「石狩挽歌」にひそむ重層的ものがたり

だが、そんな思いをもてあそんでいるうち、私はひょんなきっかけで会社をやめ、作家となってしまった。

そして、粗製乱造に近い作家生活の多忙の時の中で、かるいテーマをめぐる座談会の席において、なかにし礼の居ずまい言葉のあやつりそれに時おり遠く透し見るような眼差しなどの生《なま》と出会った。その仕事の帰りぎわ、小説を書く気はないかと水を向けてみると、なかにし礼は意外なほどの本気度でうなずいた。だが、すでに出版社を辞め作家に紛れ込んでいた自分には、なかにし礼が書く小説を発表する舞台を用意する力などあり得ず、なかにし礼の熱い表情を思い浮かべながら、その反応に少し焦りはじめた。

そこで、文藝春秋で雑誌『オール讀物』の編集部に席をおき、色川武大氏の担当者同志として気心知れる仲でもあり、小説のしたたかな読み手でもあった文ちゃん（鈴木文彦氏）をなかにし礼に紹介した。なかにし礼と対面した文ちゃんもその存在に私と同じ感触をいだいたようで、即座に話に乗ってくれた。私は、文ちゃんを小説に挑むなかにし礼という小舟を漕ぐ船頭に、自分をその小舟の艫《とも》を指先でそっと沖へ押し出す釣舟屋のおかみに見立て、すでに終ったはずの編集者気分をなつかしく味わっていた。

そんな気分の中で、最初に釣り上げたのが、実の兄への愛憎と確執と執念を自らの内臓からえぐり出す力作『兄弟』という大魚だった。ヒット曲「石狩挽歌」の奥に、これほどすさまじくも重層的なものがたりがひそんでいたことに、私はたじろぎさえおぼえた。さらに、この段階ですでに、小説を書くための文学的野望とロマン、豊富な語彙の中から作品にふさわしい言葉をさそい出す表現力、それに古今にわたる知識のおどろくべき埋蔵量をなかにし礼がそなえていることを、文ちゃんも私も確認させられた。

『兄弟』は、直木賞候補作品となって話題を呼び、それだけで作家としての立場を手にしたようなものだったが、この三人の奇妙な連繋《れんけい》の目標は直木賞受賞だった。私は、ベストセラーとなった第一作によって、小説を書くなかにし礼が、いささかクローズアップされすぎたかと懸念し、このインパクトのあと世に出る作品が大変だと、自分の経験値から生じる不安をもいだいたものだった。

死を覚悟した上で文を書き刻む

ところが、そんな私の老婆心をあざわらうかのように、なかにし礼は次作『長崎ぶらぶら節』で、すいと直木賞を手にしてしまった。周到な準備と資料集めそれに精力的な取材によって、長崎に縁あるひとりの芸者とひとりの男が綾なす世話物的ものがたりが仕立てあげられ、力作でもあるが小粋なテイストをもはらむこの作品での受賞は、その先に作家としての余力を感じさせる、悠然たる受賞だった。文ちゃんと私は、もはや小舟でない、作家なかにし礼という堂々たる船を見送る気分で、隠微な快感をはらむ三人のゲームから足を洗い、なかにし礼を見守る、それぞれの立場に戻った。

次に、なかにし礼は『赤い月』という巨作を物して、『兄弟』で書き尽せなかった母という存在を〝性〟をからめてとらえる、作家らしい酷薄な視線をあらわにした。さらに、自分の満洲体験への自省と加害者の確認をからめるとともに、エロスと戦争を対峙させる文学的かまえを、旗幟《きし》鮮明にするようになってゆく。それとともに、縁の深い歌謡曲の世界にひそむ価値の再発見にクラシックへの敬愛をかさね、さらに「世界劇」と題して能・狂言・歌舞伎・オペラ・大駱駝艦の舞踏・庶民の文化たる助六太鼓を操りつつ会場たる武道館につめかけた一万人の観客までを巻き込む並はずれた発想による構成力を披露し、そして古来の民話や伝説への自己流回帰によって、その原点にある普遍性をあらわにして、求心力と遠心力がちぎれかねぬほどの鬼気迫る無限性を見せつけていった。

生き急いでいる……私がそんな懸念をいだかされていた中で、なかにし礼は宿痾の病いという敵に背後からおそわれた。だが、その病いと闘う刻々のありさまを隠すことなく読者に提示し、自己流の治療法の模索のあげく死を覚悟した上で陽子線治療を選びぬくという態度を示すことをつらぬいていった。

もはや、なかにし礼は詞と詩の境界線や世間の秩序への反逆どころか、詩、小説、文学、文芸、思想、哲学、伝統、前衛、神、仏、我、他者、此《こ》の世、彼《あ》の世などの境目をすべて溶かす方向へ舳先《へさき》を向けて大海へ立ち向かう巨船となっていた。そして、その只中での歯ぎしりが嘘みたいに消えた、最晩年の百万ドルの笑顔だったと思うのである。

生涯を賭けた戦後民主主義者の闘い――なかにし礼は「歴史の語り部」だった

保阪正康　ノンフィクション作家

なかにし礼さんが亡くなられた、との報は『サンデー毎日』編集部のM氏から電話で知らされた。師走の24日である。瞬間に言葉を失った。湧き上がったのは悲しみというより、「えっ、この世からいなくなられたの」という呟きであった。社会を支えている軸のような梁《はり》が崩れた感がしたからである。

「もっとラジカルに意見を言わなければ」

なかにしさんは『サンデー毎日』に書いた拙稿を読んでくれて、M氏を通じて感想を寄せてくれた。日本学術会議の6人の任命拒否問題では、「（保阪の論が他紙誌の論者より）高齢なのに最もラジカルに分析しているよ」との伝言があった。

なかにしさんはわかっているなあ、と呟いたりもした。この7、8年、なかにしさんと話したり、講演を共にしたことがあり、そういう場合、「我々の世代はもっとラジカルに意見を言っていかなければいけないんだよ」という点を確認するのが常であった。

なかにしさんは昭和13（1938）年9月の生まれ、私は14（1939）年12月の生まれであった。1年違いではあったが、幼年期に戦争体験をしていて、戦後は、いわゆる戦後民主主義体制になじみ、戦後民主主義教育を受けた世代であった。私は北海道の札幌市や八雲町で育ったためか、戦時体験の記憶は少ない。しかし、なかにしさんは満州・牡丹江からの引き揚げ者であり、その体験をつぶさに語るのを聞いたことがあった。国家に3回も裏切られたという言葉が、私には印象に残っている。

私は、なかにしさんが毎日新聞と『サンデー毎日』に発表した詩（『平和の申し子たちへ―泣きながら抵抗を始めよう』）を、直接本人が聴衆に語りかけるのを聞いたことがあった。平成26（2014）年11月のことである。札幌市の道新ホールでのフォーラムの時であった。私と姜尚中《カン・サンジュン》氏、そしてなかにしさんとが出席してのスピーチとシンポジウムであった。長い詩である。この詩は、「二〇一四年七月一日火曜日　集団的自衛権が閣議決定された　この日　日本の誇るべき　たった一つの宝物　平和憲法は粉砕された　つまり君たち若者もまた　圧殺されたのである」で始まる。

これは「醜悪と愚劣　残酷と恐怖の　戦争が始まるだろう　ああ、若き友たちよ！　巨大な歯車がひとたびぐらっと　回りはじめたら最後　君もその中に巻き込まれる　いやがおうでも巻き込まれる」と続く。時代が暗転すれば、君は戦いの場に引き出され、君も銃剣で人を刺さなければならない、そんなことができるのか、と問う。僕は臆病だ、弱虫だ、卑怯者かもしれない、でもそのどこがいけないんだ、死んではいけない、殺してはいけない、とこの詩は呼びかけていく。そして最後に以下のように訴えかける。

「産声をあげる赤児のように　泣きながら抵抗を始めよう　泣きながら抵抗をしつづける

のだ　泣くことを一生やめてはならない　平和のために！」

民主主義に息吹を与える

なかにしさんは淡々と、この詩を読んだ。壇上から見ていて涙を拭く青年の姿を見た。いや青年だけでなく、会場に何か深い感情が交錯している空気が広がった。一様に身を乗り出して聴いている人たちの姿に、私は心が揺さぶられるのを実感として持った。なかにしさんは、私たちの世代を代表して次の世代へ、私たちの世代が伝えなければならない重要な教訓を、身をもって示したのであった。それは、戦後民主主義の世代が伝えていかなければならない歴史体験のエキスでもあったのだ。

そのことに気づいた時、なかにしさんの中に作詩家、小説家という顔があったにせよ、その本質は〈歴史〉に生きる語り部なのだという素顔が浮かんできた。このシンポジウムの前後に、私は彼と会食をする機会を持った。そんな折に自らの闘病生活や癌との闘いのプロセスを細かく聞かされた。どんな時にも諦めない、自分で徹底的に、納得するまで調べ尽くし、そして自分に相応しい医療機関や医師を求めるというのであった。そういう話をする時のなかにしさんは、対象と向き合う、調べる、納得する、そして行動に移る、という自らのサイクルを大切にしていることがわかった。

ともすれば私たちの世代（いわゆる戦後民主主義教育の世代と言えるのだが）は、お仕着せの民主主義に満足して、それに諾々と従うのであったが、なかにしさんは自分で納得した上でこの時代の価値観を身につけてきたことが私には理解できた。なかにしさんにとって、戦争の時代を否定して、私たちの民主主義教育の特性に真の息吹を与えて次代に語ろうとの姿勢は、一生を賭けての闘いだったのである。

そういうなかにしさんの闘いは、実は14歳違いの兄の存在を抜きに語ることはできないはずであった。私の『サンデー毎日』連載シリーズの「世代論」で言えば、なかにしさんの兄の世代は、いわば戦争要員としてこの世に生まれてきたと言える。そのことはすでにこのシリーズで何度も触れてきた。

復員した兄の悪霊のような姿

大正10年ごろから13年ほどの間に生まれた世代の悲劇性は、特攻隊員の遺書などを通じて語ってきた。世代論で言えば近現代日本史の中で最も悲劇の世代として語ってきた。それを思い出してもらいたいのだが、なかにしさんの兄は、その世代の虚無感と、歴史の中で裏切られたことへの怒りがあまりにも大きかったというべきであった。

この兄の存在は、なかにしさんの小説『兄弟』などでもよく知られている。小説はほぼ事実に基づいているようだが、なかにしさんと14歳の違いだから、大正13（1924）年生まれということになる。学徒出陣で出征したわけだが、なかにしさんの自伝的小説『赤い月』には、牡丹江での自宅での壮行会の模様が描かれている。なかにしさんは次のように書いている。

「立教大学のやや丸みをおびた角帽をかぶり、学生服の上に、武運長久など様々な激励の言葉が寄せ書きされた日の丸の旗を斜め十字に襷がけにした兄、立派な出陣の挨拶をした兄、そして最後に陸軍式敬礼をした兄は凜々しかった」

まさにまだ小学校に入る前のなかにし少年には、眩いばかりの兄だったのである。学徒出陣でお国に奉公する兄の姿は、まさに輝かしい者だったのである。戦後、兄は生きて帰ってきたことがわかった。昭和21年11月末に北海道の小樽に住んでいた中西家に、派手な女性を連れて帰ってくるのである。兄の様相は全く変わっていた。その変わりようを見て、なかにしさんは書いている。「兄という人間の中にもう一人魔物というか悪魔というか、なにか善からぬ悪霊がすみついたような、薄気味悪いオーラが兄のまわりに満ち満ちていた」(『夜の歌』)というのである。

そしてヒロポン中毒の兄の姿も垣間見る。兄は戦争によって心身ともに崩壊状態になって帰ってきたのである。その後、なかにしさんはこの兄と泥沼のような関係に入り込んでいく。兄は特攻隊の訓練を受け、実際に特攻隊の隊員であったかのように振る舞う。小樽では、家の権利証をもとに高利貸から借金をして、いささか怪しい事業に手を染めるのだが、結局は家を取られてしまう。一家は小樽から追い出されることになるのである。この兄の生活破綻ぶりは常軌を逸していて、作詩家として成功するなかにしさんは、莫大な印税を騙し取られ、さらに生命保険までも掛けられる。なかにしさんは高額所得者なのにほとんど手元に金がないという状態に置かれる。

日本社会の戦争体験の本質

兄の死の連絡を受けたなかにしさんは、「万歳」と叫んだというのである。いわば徹底してたかられ、生活を脅かされ、人間性まで侮辱されたような関係にやっとピリオドが打たれることになったからである。なかにしさんは、兄の死後、ある程度の時間を置いて客観的に見つめることができるようになったのであろう。兄と共に宇都宮飛行学校で学び、熊谷航空隊などいくつかの航空隊に配属されたという仲間たちの戦友会に出席したという。ところが兄がアメリカ軍のグラマンの編隊と戦ったというエピソードや墜落事故にあったというのは、全て偽りだったことを知る。そこでなかにしさんは書いている。

「私は戦争によって翻弄され、その影響のもとで戦地の貧窮生活を生き、やっとひと心地ついたあとは兄という名のもう一つの戦争の傷痕によって苦しめられた。私にたいする兄の理由なき復讐と攻撃も戦争によって犯された精神のなせるわざと思い、許してきた部分があるが、それさえ私一人の妄想であり迷妄にすぎなかったとなったら、私はなにに向かって叫べばいいのか。なにに向かって泣けばいいのか」(『夜の歌』)

兄は自らの偽りの戦争体験をもとに戦後を生きた。その姿は、つまりは何であったのか。なかにしさんは理解したのである。「兄は戦争に参加して精神に傷を負ったという虚像を作りあげ、それを死ぬまでつらぬいた」ということがわかったのである。それをなかにしさん自身も含めて許してきたことは、つまりは虚像の実像化を認めてきたという意味にもなった。

なかにしさんの兄に対する怒りや、その果てに見えてくる怒りを通り越しての虚無感とはいったい何だったのだろうか。虚像の中に身を置いて生き抜くことの苦しさと哀しさの中で、なかにしさんの兄は何を縁《よすが》にしたのだろうか。

そのことが実は世代論の中心軸になっている戦争論なのである。こういう兄の生き方は、単に個人的な領域に留めておくことはできない。日本社会の戦争体験の本質に迫る意味があるのだと理解すべきなのである。私は、なかにしさんが兄が亡くなった時に万歳をしたというのは、体験の切実さからするとよくわかるし、肉親でありながらこれほどの迷惑を弟にかけ続けるという無責任さは、百万言の批判でも足りないであろう。だがこの兄の振る舞いをもっと別の角度から見れば、重要な問いが発せられているということに気がつくのだ。どういうことか。

それはなかにしさんの『赤い月』などで存分に語られている。国家の謀略機関に生きた人物が、戦後になって漏らす言がある。重要な台詞である。

「国家だけが一人化け物になるわけではない。国民も一緒になって小さな化け物になっていくのだ。自らの意思によってか、恐怖によって強いられてか、いずれにしても国民のほとんどが理性を捨てて、小化け物になっていくのだ。それが愛国心のからくりだ。俺は、自らの意思によって理性を捨て、小化け物となり、化け物の手先となって働いた口だが、あげくにこうして良心の呵責に苦しんでいる」

国家の異様さを見抜いた視力

その上でこの人物は、戦後になって理性が戻ってきた時に泣かないやつは、小化け物だけだともいう。なかにしさんの兄は、小化け物に徹しきったといえるようにも思えるのだが、あるいはそれに徹することで、後の世代の私たちに多くの示唆を与えたのではなかったかと思えるのである。

なかにしさんが、兄と向き合う関係性には、世代論から言えば次の二つの意味があった。

①戦後民主主義世代が戦争要員世代と向き合うときの態度。

②肉親を通して戦争責任の形を問い直す視点。

なかにしさんは兄のことを徹底的に描くことで、私たちに多くの示唆とヒントを与えている。例えば、①について言えば、兄の世代（戦争要員世代）の人たちの屈折した感情を、もっとも純粋な形で戦後民主主義教育を受けたなかにしさんの世代が理解するのには、相応の努力と思いやりと想像力が必要だということがわかる。なかにしさんはむろん兄への憎しみの言を何度も口にしているが、次第にその背景に国家が化け物に変身する異様さを凝視し、それに追随する人間の弱さに怒りを向けていくことがわかる。世代間の批判には一定のルールが必要だが、なかにしさんはその例を示したということにもなるだろう。

もうひとつは、肉親の中に見る戦争の傷痕の大きさを通して、戦争責任の形を確認することである。なかにしさんが単に兄への憎悪で済ませるのではなく、虚像の中で生きることしかできなくなってしまった庶民の中に、歴史上の視点を持ち込んだことが、表現者としての功績だったと言えるように思う。

『赤い月』が文庫化される時に、なかにしさんから「解説」を書いてほしいと私は言われた。私はこの書には、ある世代からの多くの歴史的視点が含まれていて、そこを読み取ることが著者への礼儀だと書いた。今、なかにしさんの逝去に際してその感はさらに深くなり、私は頭《こうべ》を垂れるのである。

本書は、『サンデー毎日』二〇一八年一〇月七日号～二〇二〇年三月一五日号に
掲載されたエッセイと詩を再構成したものです。
IX章は、『サンデー毎日』二〇二一年一月二四日号に掲載された
「美しい抵抗者――なかにし礼の生涯」を拡充しました。

写真＝野口 博

なかにし礼 なかにし・れい

一九三八年中国黒龍江省（旧満洲）牡丹江市生まれ。立教大学文学部仏文科卒業。在学中よりシャンソンの訳詩を手がけ、その後、作詩家として活躍。日本レコード大賞、日本作詩大賞ほか多くの音楽賞を受賞する。二〇〇〇年『長崎ぶらぶら節』で直木賞受賞。著書に『兄弟』『赤い月』『天皇と日本国憲法』『平和の申し子たちへ』『生きるということ』『夜の歌』など多数。音盤に『なかにし礼と12人の女優たち』『なかにし礼と75人の名歌手たち』『昭和レジェンド 美空ひばりと石原裕次郎・なかにし礼』などがある。二〇一二年三月、食道がんであることを発表。先進医療の陽子線治療を選択し、がんを克服して仕事復帰。二〇一五年三月、がんの再発を明かして治療を開始。十月、完全奏功の診断を受けたことを公表した。『サンデー毎日』連載小説・エッセイなど重要な「晩年の仕事」を生み出した後、二〇二〇年一二月、心筋梗塞のため死去。

愛《あい》は魂《たましい》の奇蹟《きせき》的《てき》行為《こうい》である

第一刷　二〇二一年四月五日
第二刷　二〇二一年四月二〇日

著者　なかにし礼《れい》
発行人　小島明日奈
発行所　毎日新聞出版
〒一〇二-〇〇七四　東京都千代田区九段南一-六-一七　千代田会館五階
電話　営業本部〇三-六二六五-六九四一
図書第二編集部〇三-六二六五-六七四六

印刷　精文堂
製本　大口製本
ISBN978-4-620-32675-7